LE CANTONNEMENT

Ronelda S. Kamfer

LE CANTONNEMENT

Traduit du kaaps
par Georges Lory

Préface d'Antjie Krog

ZOE

Les Éditions Zoé remercient le PEN Afrikaans Translation Fund d'avoir accordé son soutien à la traduction de ce livre.

Titre original : *Kompoun*

Originally published by Kwela, an imprint of NB Publishers,
Cape Town, South Africa in 2021

www.editionszoe.ch
Maquette de couverture : Notter + Vigne
Illustration : © Eric Miller/Panos Pictures
ISBN 978-2-88907-510-2

*Les Éditions Zoé bénéficient du soutien de
la République et Canton de Genève
et de l'Office fédéral de la culture.*

Note du traducteur

En Afrique du Sud, sous l'apartheid, on regroupait sous l'appellation *Coloureds* l'ensemble des gens qui n'étaient ni des Noirs, ni des Blancs, ni des Indiens. On retrouvait dans cette catégorie les descendants d'aborigènes khoïsans, d'esclaves malais, d'ouvriers chinois et les fruits des unions interraciales.

Aujourd'hui, le recensement officiel a conservé cette dénomination pour un groupe qui totalise cinq millions et demi d'individus, soit plus que la population blanche. Dans un esprit positif on les désigne souvent comme *Bruinmense* (les Bruns) en afrikaans ou Métis en français.

Dans leur immense majorité, ils s'expriment en afrikaans, avec plusieurs variantes locales. Ainsi, Ronelda S. Kamfer a choisi d'écrire son roman en kaaps, la langue des Métis du Cap, truffée par moments d'expressions rurales de l'Overberg.

À l'heure où paraît cette traduction, il n'existe pas encore de dictionnaire kaaps-afrikaans. Les termes en italique sont réunis dans le glossaire en fin d'ouvrage. Les notes de bas de page, réduites au minimum, permettent d'éclaircir certains éléments ponctuels.

Préface

Jadis, un tel livre n'aurait jamais vu le jour. Il y a vingt ans encore, il aurait dépéri en silence dans un vieux fichier d'ordinateur. Dans l'Afrique du Sud démocratique, la redistribution des langues a cependant ouvert la voie à ce texte. La puissance d'analyse et l'étonnante beauté des images ont permis de briser de nombreux obstacles, au point qu'il est aujourd'hui traduit dans plusieurs pays.

Depuis ses débuts poétiques en 2008, et grâce à ses quatre recueils suivants, Ronelda Kamfer est devenue l'une des voix les plus fortes de la littérature afrikaans. Son travail fait référence dans pratiquement chaque domaine des lettres en afrikaans. Elle remplit d'abord ce roman d'une merveilleuse tonalité poétique :

> Groenplaas était le plus beau site de l'Overberg, humide et verdoyant. C'était comme si je le voyais pour la toute première fois. Personne n'était plus content de me voir que l'Overberg. J'avais le sentiment d'avoir une mère. Un lieu peut-il être aussi beau au cours de la saison la plus cruelle ? Peut-on demeurer dans une région aussi humide et verte quand on est aussi sèche et assoiffée de l'intérieur ?

Le rire discret d'une petite fille est décrit de la sorte :

> Quand Zodwa souriait, sa fossette profonde absorbait le monde comme un puits.

Au cours d'un raid de la police, on cherche sous le lit de Nadia des objets volés :

> Je dormais, le policier m'a doucement soulevée de mon lit et m'a portée jusqu'à ma mère comme un poltergeist.

Après le suicide d'une cousine de douze ans, Xavie, Nadia et un autre cousin sont assis, hébétés, à l'extérieur de la maison. Tina, la mère de Nadia, sort pour fumer :

> Si les étoiles volent si bas dans l'air, il fera beau demain, a-t-elle dit. Elle est restée un long moment à les regarder. Tous les trois, on la fixait comme si c'était une âme, si des fois l'âme ressemblait à une personne. Bleue dans la lumière de la lune, une femme incroyablement brisée. *Maman, dis quelque chose ! Parle-nous, nous qui te regardons comme si nos matins étaient déjà cramés. Maman, nous sommes tout doux, ne nous force pas à devenirs durs. Maman, prononce son prénom ! Nomme-la, afin que les étoiles, si belles à tes yeux, tombent du ciel et que la petite fille retombe avec elles, sans son nœud coulant autour du cou. Qu'elle redescende parmi nous, afin que nous arrêtions de grandir. Maman, ne permets pas que nous enterrions une personne de plus,* je voulais lui dire.

Avec ce premier roman, Ronelda Kamfer a fait bouger radicalement les frontières de l'afrikaans. Le grand amour pour le terroir, la possession idyllique de la terre par les Afrikaners, ont conduit à développer ce thème exclusivement afrikaans : le *plaasroman*, le roman de ferme, récit de Boers mettant en valeur leur propriété. D'importants écrivains comme Etienne le Roux, Karel Schoeman, Marlene van Niekerk et Etienne van Heerden ont fait évoluer ce genre, le poussant vers de nouveaux sommets. *Le cantonnement* de Ronelda Kamfer fait éclater toutes ces définitions : la ferme avec ses vastes espaces, c'est d'abord un cantonnement pour ouvriers agricoles. La voix centrale est celle des enfants de ces travailleurs, non pas des victimes, mais des blessés résilients qui cherchent à devenir des adultes différents de leurs parents. Groenplaas n'est pas le domaine adoré de Boers fiers, mais un territoire clôturé où l'on parque des gens. Quand Nadia et son cousin Xavie déménagent en ville avec leurs parents, ils vont en réalité vers un autre enclos, un ghetto dans les Cape Flats où l'apartheid a rejeté les gens de couleur.

Les femmes, la grand-mère Sylvia McKinney, « reine mère du mensonge », et ses filles, forment la lignée directrice du roman et le texte bourdonne d'expressions délicieuses :

> Les femmes de ma famille sont ignifugées, elles sont faites de bois trempé. Mais moi, je suis une petite branche sèche, et même si l'on me glisse sous des bûches mouillées, je m'enflamme à tous les coups.

Ailleurs :

> … car une femme ne reçoit qu'une seule fois la chance de devenir elle-même. Je me rends compte que la famille va rincer tante Diana comme un légume fraîchement sorti de terre. Ils vont faire cuire son souvenir à feu doux, comme un ragoût d'autrefois.

Nadia :

> Elle ne transpire pas, je remarque, pourtant ma mère ressemble à quelqu'un qui court vers un ascenseur, essoufflée et humiliée.

Au cœur du roman se déroule un rêve. La reine mère du mensonge-et-de-la-violence déboule sous un saule, portant Nadia toute petite sur son dos :

> On m'avait rasé la tête, mais j'étais heureuse, belle, et les yeux de ma grand-mère luisaient doux. Les pattes d'oie au coin de ses yeux, on aurait dit des encoches. Nous sommes passées à une autre version de moi-même. En me réveillant en sursaut, je l'ai entendue me murmurer : « N'oublie pas que c'est moi qui t'ai élevée. »

Nadia et ses cousins ont été biberonnés à la duplicité et à la brutalité. Comment vont-ils s'en libérer et devenir des personnes différentes de leurs parents et de leurs grands-parents ?

Le colonialisme et l'apartheid caractérisent la destruction en Afrique du Sud. L'anéantissement de la dignité des gens de couleur, l'exploitation et la férocité ont profondément endommagé des pans entiers de la société sud-africaine. C'est de ce monde que proviennent Nadia, Xavie et leur nombreuse famille, ceux que la classification de l'apartheid cataloguait « Métis, *Coloureds* ou Bruns », c'est-à-dire ceux qui n'étaient ni blancs ni noirs, mais entre les deux. Cette position intermédiaire ne s'est pas vraiment effacée après trente ans de démocratie. Elle refait surface plusieurs fois, notamment quand l'un des personnages raconte son amour pour un Noir, ce qui n'était pas toléré à l'époque :

> *Jirre*, comme j'étais amoureuse de ce Noir. Il était beau comme l'eau… Mais la roue a tourné, plein de gens sont passés et ont trempé leurs pieds sales dans l'eau, il s'est échappé… Loin de moi.

L'amitié entre Nadia et Xavie leur permet de développer une stratégie de survie au fil de leurs déplacements : de

Groenplaas à Santekraam (une communauté côtière exclusivement métisse) puis vers un township du Cap (une sorte de ghetto en périphérie de la ville), d'un père vers un beau-père, d'une mère vers une grand-mère, d'une tante vers le mari d'une autre tante, d'un enterrement à l'autre en passant par un troisième, au point que l'on ne sait plus qui est qui, qui est mort, qui vit encore et ce qu'on doit ressentir face à la mort.

> Mourir est une chose, mais se pendre nécessite une force particulière. Je n'ai pas cette force-là, cet esprit de décision. Je porte trop d'espoir en moi, le suicide ressemble trop à une trêve, et je ne donnerai jamais ça à mes parents, cette chance d'apparaître comme des victimes en enterrant leur enfant. En effet, la culpabilité les stimulerait au lieu de les miner. La douleur les rendrait plus forts au lieu de les détruire.

Dans ce tourbillon de violence, de changements, d'addictions et d'adultes impuissants, la vie des adolescents est perpétuellement menacée sur le plan émotionnel et physique. Les enfants cherchent leur modèle parmi tous ces personnages :

> Je veux être une personne proprement immorale. C'est ainsi que je pourrai justifier mon admiration pour un parieur compulsif et dégénéré, tabasseur de femme de surcroît.

De façon poignante, les deux personnages principaux s'entraident afin de devenir, comme leurs cousins et cousines, de jeunes adultes. Par des images brillantes, cinglantes, et un humour fantastique, ils partagent leur vision des choses. Description de la vieille patronne de la ferme :

Les joues des Blanches dégoulinent comme les grains de riz d'un paquet. Avec des plis le long de la bouche comme des classeurs mal rangés. Et ces mains, ces mains affreuses qui ressemblent à du pudding de sagou, on jurerait qu'elles ont exercé un travail manuel, tellement elles sont abîmées quand elles vieillissent.

Tante Tina dépeint les Blanches avec la précision d'un peintre hollandais. Si Vermeer avait peint une femme boer, il l'aurait intitulée *La fille aux mains de pudding de sagou.*

Un plaisir supplémentaire du roman réside dans le vaste champ de références : peintres, écrivains, films, chansons, rappeurs, philosophes font éclater d'un coup les frontières présupposées de jeunes adolescents pauvres et déboussolés :

> Nous ne sommes que des milléniaux de papier. La génération merdique contre la génération super-merdique. La différence, c'est qu'on n'a pas peur, ni de Jésus, ni des oppresseurs, ni du diable, nous les enfants de la *Sonate des trilles du Diable* de Tartini.

Il ne faut pas se tromper en pensant que la sagesse des personnes marginalisées ne vaut que pour ceux qui vivent aux marges de la société. Ce qui sourd de ces lignes a un effet déchirant sur nous tous, car cela touche notre humanité profonde. Quand meurt sa grand-mère, Nadia constate :

> J'ai l'impression qu'on me pousse hors d'un avion… Ce qui se rompt en moi, ce n'est pas de la tristesse. C'est ma liberté. On ne peut être libre que par opposition à l'emprisonnement. Ma grand-mère, ma mère, mon père, mon grand-père, ils m'ont tous conféré ma liberté. Mais surtout ma grand-mère, car bonne-maman se trouve à l'origine de tout ça.

Il est important de souligner qu'en raison de la langue employée dans ce texte, appelée aujourd'hui le kaaps, ce roman n'aurait pas été facilement publié par le passé. Le kaaps est perçu comme hostile à l'afrikaans par les Afrikaners, car inclinant trop vers les anglicismes, avec des principes d'orthographe erronés. Et pourtant, le kaaps est actuellement considéré comme la toute première version de la langue qui a dérivé du néerlandais : le hollandais du Cap ou le « hollandais de cuisine ». Il a été utilisé par les esclaves de confession musulmane, par les Khoïsans autochtones et par les Hollandais pour une compréhension mutuelle.

Au bout du compte, on lit *Le cantonnement* pour ses images stupéfiantes, l'humour percutant et la vision destructrice qui permettent aux adolescents des communautés blessées de mener la lutte.

Antjie Krog

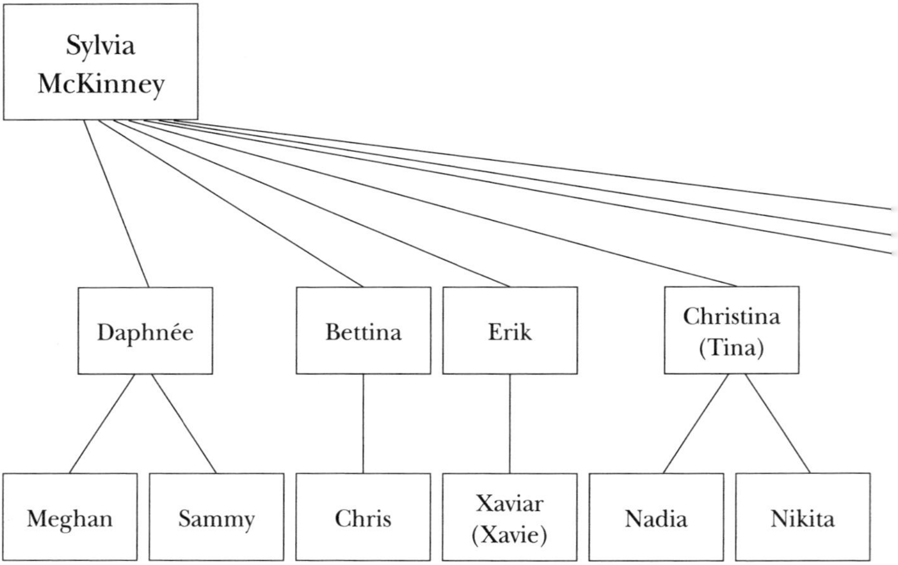
Sylvia McKinney
Daphnée
Bettina
Erik
Christina (Tina)
Meghan
Sammy
Chris
Xaviar (Xavie)
Nadia
Nikita

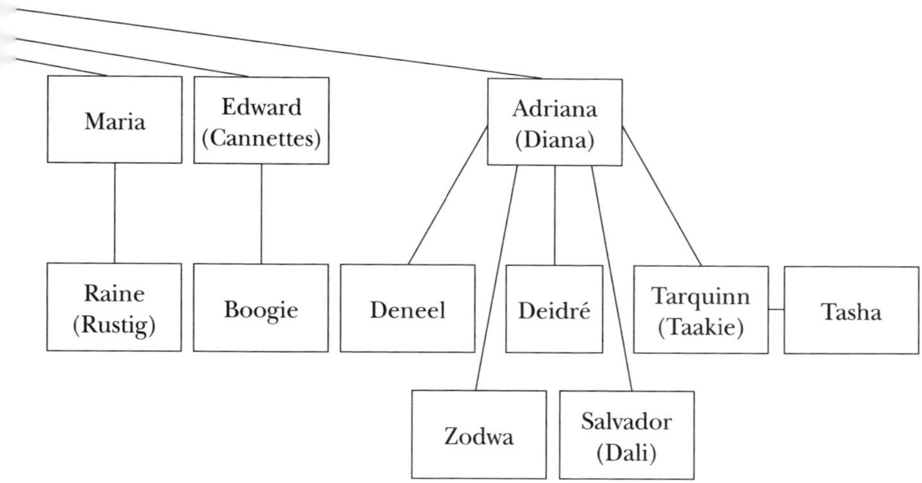
Maria
Edward (Cannettes)
Adriana (Diana)
Raine (Rustig)
Boogie
Deneel
Deidré
Tarquinn (Taakie)
Tasha
Zodwa
Salvador (Dali)

Dédié à :
Toutes les femmes obligées de dire « désolée »
alors qu'elles ne l'étaient pas
et à ma mère, toujours.

Pour :
Nathan et Seymour qui portent mon artillerie
afin que je sois libre de me battre.

Compound *(nom) : chose composée d'un ou plusieurs éléments séparés. En Afrique du Sud : lieu d'habitation pour travailleurs migrants de même sexe, souvent employés dans les mines. Du portugais* campon *ou du néerlandais* kampoeng, *dérivé du malais* kampong…

Oxford Languages
(édition en ligne)

Depuis qu'elles étaient sorties de Thiès, les femmes n'avaient cessé de chanter. Aussitôt qu'un groupe laissait mourir le refrain, un autre le reprenait, puis de nouveaux couplets étaient nés, comme ça, au hasard de l'inspiration, une parole en amenant une autre qui trouvait à son tour son rythme et sa place. Personne ne savait plus très bien où commençait le chant ni s'il finirait jamais. Il s'enroulait sur lui-même comme un serpent. Il était long comme une vie.

Ousmane Sembène,
Les bouts de bois de Dieu

Nadia

Des nichons pour l'accueil,
des larmes pour le départ

Quand elle tousse, les nichons de tante Bettina lui sortent de la blouse, elle raconte l'histoire de mon cousin Chris qui vient de recevoir une gifle à l'école parce qu'il ne savait pas ce qu'étaient un vagin ou un pénis.

— C'est une chatte, madame ! a-t-il hurlé à la conseillère d'éducation. Le truc d'une fille, c'est une chatte ! C'est comme ça que maman la nomme.

L'oncle Cannettes, assis sur un pot de peinture, un petit verre de bière à la main, l'interrompt. Ça lui semble curieux que mon cousin de douze ans ne sache pas ce qu'est un vagin. L'oncle porte un bleu de travail, une veste blanche et des sandales en plastique surdimensionnées.

J'essaie de garder mes pensées d'équerre, car je déteste Chris, et je pense que l'oncle Cannettes a raison. Il cogne sa femme, c'est vrai, mais dans ma vie j'ai rencontré trop peu d'adultes corrects pour le rayer de ma liste. Je vais parfois dans sa chambre pour regarder M-Net, même s'il dort. Il m'apporte tous les vendredis un sandwich aux frites, et s'il va parier sur les canassons le samedi, je l'accompagne. Je le suis quand il va recueillir les paris chez les grenouilles de bénitier soucieuses de cacher qu'elles s'adonnent au tiercé. J'écris le montant en face de leur nom, l'oncle Cannettes prend l'argent et le fourre dans son enveloppe brune. On s'arrête ensuite chez Oompie Diamonds, le prêteur sur gages avec sa coupe à la Clark Gable, bien scindée en deux à coup de Brylcreem. Diamonds tient son surnom de sa vie antérieure quand, enfant, il trafiquait des pierres avec les Boers ; depuis, il a ouvert une bijouterie à Somerset West. Les habitants du quartier le croient étranger, « le Maure qui répare les montres ».

— Pourquoi reste-t-il ici ? je demande à Cannettes.

— Il ressemble à un Maure. Mais c'est un Métis, répond l'oncle.

Je ne comprends pas bien ce qu'est un Maure. Tout ce que je sais des Maures vient de Shakespeare, et chez Shakespeare les Maures ne font que forniquer ou manigancer des trucs auxquels les Anglais ne sont pas habitués. Mais l'oncle Cannettes n'a pas pigé ma question. Je voudrais simplement savoir pourquoi Diamonds, qui a de l'argent, demeure avec nous dans les maisonnettes de la municipalité.

Le nouveau boulot de mon père comporte des avantages : tous ceux qui travaillent au service des logements obtiennent un toit dans le quartier, avec tout un tas de conditions à la clé, style interdiction de sous-louer. Mais les proprios de Diamonds aiment détourner les règles, ils louaient déjà leur maison avant que mon père ne reçoive la sienne. Mon père a ouvert la voie pour mes oncles. Toute la famille habite à présent Delmont Estate, propriété de la municipalité du Cap. Ma mère a horreur de vivre ici, car c'est un coin dégueu, elle n'en peut plus d'attendre la promotion de mon père, histoire de prendre un prêt immobilier et de déménager. Je trouve idiot d'aller acheter une maison alors qu'on peut rester ici gratos, mais ma mère veut partir avant les élections[1], car les Boers vont perdre le pouvoir et donc rendre la vie dure aux gens qui vivent sur

---

1 Référence au premier scrutin ouvert à tous. (Toutes les notes sont du traducteur.)

leurs terres. À l'entrée de Delmont Estate, il y a un panneau *Propriété privée, on tire sur les contrevenants.* Ça m'a toujours inquiétée, car personne ici n'a de fusil, qui donc tirera sur les contrevenants ? Ma mère dit que ce panneau date des temps anciens, d'avant la nouvelle Afrique du Sud.

Je ne vais pas m'embêter à continuer à interroger l'oncle Cannettes sur Diamonds, il n'est pas du genre à apprécier les questions.

Chaque semaine, lui et moi parions sur les chevaux, ainsi que les fripouilles de ménagères qui piquent l'argent de leur mari – elles gagnent rarement. D'aussi loin que je m'en souvienne, elles n'ont vraiment gagné qu'une seule fois. Cette semaine-là, ma mère et tante Daphnée avaient joué elles aussi. L'oncle Cannettes, qui était fauché, a joué l'argent des femmes et gagné un petit jackpot. Parmi les maris de ces dames, deux devaient de l'argent à Diamonds. Quand l'oncle Cannettes est revenu avec les gains, Diamonds attendait devant la haie de notre maison. Ma mère et tante Daphnée ont invité Diamonds à l'intérieur en lui offrant une tasse de café et des biscuits. Il est entré dans la maison. Dehors, Cannettes a pu remettre en douce leurs gains aux deux femmes. Un peu plus tard, il est revenu chez lui, mais Oompie Diamonds l'attendait dans l'allée, une verge en rotin à la main, car il avait remarqué que ma mère et tante Daphnée s'étaient échangé un clin d'œil.

— Tiens, le vieux Diamonds, que veut le grand homme ? a demandé Cannettes en regardant Oompie et sa baguette.

Diamonds souffre d'un sérieux bégaiement et tandis qu'il essayait de prononcer un mot, Cannettes s'est éloigné. « Mmmoooo… mmmoo… mm… », c'est tout ce qu'il a réussi à sortir avant d'essayer de frapper l'oncle. Malheureusement, la latte est tombée raide sur la poitrine de ma mère. Elle a saisi ses seins comme une femme pleine aux as agripperait ses perles. Oompie Diamonds a été tellement effrayé qu'il a laissé tomber son arme.

Le lendemain l'histoire avait pris de l'ampleur dans le secteur. Oompie aurait cassé la gueule de Tina avec une verge en rotin, parce que Cannettes apportait aux femmes leur argent avant qu'elles n'aillent rembourser Oompie. Chacun rajoutait un détail à sa façon. À la fin, Diamonds était un parfait salaud, il voulait affamer les enfants qui n'avaient rien mangé depuis des jours. Avec ses idées de Maure, Diamonds voulait tirer profit de femmes réduites à la pauvreté en raison des péchés de leurs maris. Le lendemain, sur la colline, Diamonds était détroussé, au nom de l'équité et de ses manières de merde.

Je me sens mal à l'égard d'Oompie. Il a beau être obnubilé par le fric, c'était pas la peine de le rosser. Il a frappé ma mère par erreur, il était salement emmerdé. Même ma mère a passé l'éponge. Mais l'oncle Cannettes était remonté. Comme s'il n'avait jamais frappé sa femme par erreur ! La période de gloire de Diamonds comme commerçant du quartier s'est achevée là. Les gens pris à la gorge ont voulu se divertir. Perdant toute dignité, ils se sont mis à lui emprunter de l'argent, puis se sont vantés de ne jamais rembourser Oompie. Ça, c'est dégueulasse à mes yeux. Je me suis mise à haïr ces hypocrites, mais j'ai décidé de laisser tomber ce genre de pensées, sinon je deviendrais comme eux, vertueuse et morale. Je veux être une personne proprement immorale. C'est ainsi que je pourrais justifier mon admiration pour un parieur compulsif et dégénéré, tabasseur de femme de surcroît.

Plus que tout, je ne veux pas ressembler à ma mère, ni à ses sœurs, elles ne sont que nichons, grands yeux et souffrances. Sexe et tristesse. Des nichons pour l'accueil, des larmes pour le départ. J'aimerais que ma mère et les siens soient plutôt comme la tribu de tante Trisha – dure et rugueuse avec les mecs. Trisha vit à l'extrémité de Groenplaas et personne ne vient la titiller, pas même ma grand-mère. Je voyais cette famille à chaque pleine lune, quand ma grand-mère me traînait dans l'enclos de Trisha afin d'aller tuer elle-même des poulets ou des moutons. Tous là-bas fument et boivent du mauvais vin. Les hommes meurent jeunes. Chaque femme élève seule ses gosses, personne ne se rend jamais à l'église. Ma mère et ses frangines courent trop souvent le bénitier, elles s'y rendraient même si Jésus leur disait qu'elles ont droit à une grasse matinée l'un ou l'autre dimanche. Ma grand-mère paie ses steaks par des travaux de couture ou quelque pâtisserie. Les femmes de ma famille sont ignifugées, elles sont faites de bois trempé. Mais moi, je suis une petite branche sèche, et même si l'on me glisse sous des bûches mouillées, je m'enflamme à tous les coups.

Nadia

Jusqu'à présent, je dis désolée

Mon cousin Xavie et moi, on se raconte l'histoire d'enfants qui enterrent leurs parents. Il faut qu'on la raconte tous les deux, car dans notre famille, les adultes apprennent aux enfants à mentir. Xavie et moi, on opère comme une garde prétorienne au sein de l'empire McKinney, on essaie de déterrer la vérité et de la protéger, mais plus encore, on voudrait démembrer tout l'empire. Les nôtres font plein d'efforts pour nous faire croire qu'une famille, c'est quelque chose d'important, pas un simple accident, mais ils merdoient complètement. La règle numéro un de leur endoctrinement : faisons avaler aux enfants des préceptes dont ils ne pourront plus se passer. Mais Xavie et moi, nous en sommes certains : on s'en sortira sans ces branleurs, tous autant qu'ils sont.

Nadia

Une femme après l'autre

Je commence par la reine mère du mensonge, bonne-maman Sylvia. La matriarche de Groenplaas. Elle affirme qu'une sorcière avait envoûté mon arrière-grand-mère et lui avait balancé tout de go que ses enfants ne verraient pas grandir leurs rejetons, car cette arrière-grand-mère lui avait ruiné la vie. Ma grand-mère a pourtant fait de même : piquer l'amant d'une autre. Selon cette guérisseuse, on se chipe les hommes, les femmes sont des crapules. La mère de ma grand-mère a piqué l'amant d'une sorcière, ce qui veut dire que ma grand-mère et sa mère sont deux mauvaises nanas. L'amant que ma grand-mère a piqué, c'était pas mon grand-père, mais un autre homme, celui que la famille appelait « le mec d'avant papa ». L'homme au sourire en biais. J'essaie parfois d'imaginer ma grand-mère en ado rusée, sexuellement active bien avant l'heure, car à l'âge de quinze ans, elle était déjà mariée. Je pense donc que, selon les normes de l'époque, dès quatorze ans elle devait en savoir un brin sur la bagatelle. C'est bien ce que j'espère : ma grand-mère avait une vie sexuelle avant d'épouser mon grand-père. Mais ce n'est pas l'histoire de ma bonne-maman que je vais raconter, plutôt celle de ses enfants, et puis des enfants de ses enfants. Une femme après l'autre.

Nadia

Couleur bleu nuit #172a3e

Faut que je commence par tante Diana, car c'est elle qui a fait le plus de conneries.

Le vrai prénom de Diana, c'est Adriana. C'est le juif du village à côté de Groenplaas qui lui a donné son prénom. Il a trouvé qu'elle était sombre comme la nuit dans le bleu de l'Adriatique.

Adriana est née presque cinq ans après son frère, alors que les enfants de ma grand-mère se succédaient à court intervalle. Deux raisons possibles à ce gap : une fausse-couche ou un esprit putassier qui aurait frappé le mariage de mes grands-parents. Malgré tout, le doux Jésus a réparé les choses, et tante Diana est née.

Un autre truc différencie Adriana de sa fratrie : sa peau sombre. Tous les autres sont clairs comme ma grand-mère. Les adultes ont dit : « Cette fillette de Sylvia est noire, mais avec les plus belles dispositions. » Ma grand-mère répétait que quand on n'est pas née belle, il faut se montrer agréable. Une agréable fille laide, ce fut la ligne de conduite de Diana.

Diana était la cinquième de douze frères et sœurs. Elle faisait donc partie du groupe du milieu, les invisibles de la fratrie. Leur vie consistait à agir comme les aînés, mais sans les avantages. Il y a eu d'autres enfants en dehors des douze officiels, mais ma mère pense qu'on ne devrait compter ni les nourrissons morts, ni les gosses illégitimes.

Ma mère raconte qu'enfant, il s'écoulait parfois des semaines sans qu'elle échange un mot avec ma grand-mère.

Les aînés ont élevé ceux du milieu, ceux du milieu ont élevé les bébés. Ma grand-mère se comportait comme une gestionnaire de quartier, elle ne venait que pour puiser dans le stock ou pour présenter un nouvel enfant.

Diana, à l'âge de huit ou neuf ans, ma grand-mère l'a forcée à se convertir et à se faire baptiser. Ma mère raconte que ce matin-là, quand les anciens ont posé leur main sur Diana, elle est restée plantée dans l'église et a pissé dans sa culotte. La ligne dorée du pipi est descendue lentement le long de son collant blanc pour se fondre dans le gros tapis rouge, tandis que les anciens priaient de plus en plus fort. Diana, après la remise de son âme à Jésus, est restée immobile, fixant ses pieds. Comme si elle communiquait par télépathie avec son pipi. Ma grand-mère a dit que les anges se réjouissaient dans le ciel chaque fois qu'une nouvelle âme arrivait auprès du Seigneur. Mon grand-père a juste soupiré : « Diana est dure comme une pierre, mais le Seigneur va la briser. »

Le Seigneur l'a brisée deux ans plus tard quand Hannes-le-Fou a commencé à la toucher. Quand elle a raconté ça à ma grand-mère, celle-ci l'a fouettée avec un *sjambok*. Le soir même, elle a eu ses premières règles et a couru vers le cantonnement.

Nadia

La fille libre de Groenplaas

Deidré m'envoie par courriel une photo de sa mère à l'hôpital Karl Bremer : Diana, sous respirateur artificiel. Un vrai piège à gogo, une image destinée aux élus du Seigneur. La légende indique : *Dieu nous ouvrira le chemin.* Le premier commentaire arrive via un paroissien qui essaie de transcrire sa glossolalie : « Ha shabara, ah shabara… » Les autres commentaires proviennent de la famille attristée ou de quidams abasourdis.

Je scrute la photo, ma tante affiche une expression de choc sur le visage, comme un magnet sur un réfrigérateur. Elle fixe l'objectif, l'air de dire « Merde alors, je suis en train de mourir ». Je ne tiens pas à imaginer ce qu'elle pense, mais je me l'imagine tout de même. Diana, l'enfant sauvage, la croqueuse d'hommes, la vaurienne, la seule fille de ma grand-mère qui ne fut jamais domestique. Tante Diana, qui nous filait de la bière de contrebande et nous passait sa cigarette quand nos parents n'étaient pas là. Diana, noir de jais, avec des cheveux gingembre, comme une habitante des îles Salomon. Diana et les pères noir, blanc, et indien de ses bébés. Zodwa, Tarquinn et Salvador, les trois enfants qu'elle a élevés toute seule, sans oublier ses deux aînées, les jumelles Deidré et Deneel, que tout le monde a élevées, sauf elle.

Après la naissance des jumelles, tante Diana s'était lancée dans la chasse aux bébés. Taakie, Zodwa et Dali sont nés si vite les uns après les autres que tout le monde la surnommait Minou-Sauteur.

— Oui, elle l'a mûr comme un abricot d'été, se plaignait une tante.

— Il va falloir qu'elle se cadenasse la chatte, du moins avant la visite des dames du planning familial, on ne peut pas donner la vie quand on n'a pas le moindre radis, a grogné une autre tante.

Ma mère affirme que la maternité est naturelle, elle va de soi. Tout ce qu'explique ma mère se termine par « ça va de soi ». L'amour va de soi, l'espoir va de soi. Ma mère se cherche des excuses, car elle se moque de la maternité et de l'amour. Elle porte son amour comme un tablier et sort ses sentiments comme on sort des bonbons de la poche du tablier. Quand je la croise, elle m'en tend un et me regarde tandis que je m'échine à décoller le papier gluant.

Tante Diana est ce que nous appelons aujourd'hui une pute, parce qu'elle a un tas de pères pour ses enfants. Elle se moquait bien de ce qu'on pensait d'elle. « Mon cul m'appartient, c'est tout ce qu'il me reste, j'en fais ce que je veux, et je méprise ceux qui l'ont touché sans me le demander. Car un homme qui, pour l'avoir, se met à cogner, c'est un lâche, il ne compte pas. Seul un homme, un vrai, reçoit ma chatte sur un plateau d'argent. »

Ma plus grande crainte, c'est de me mettre à penser comme Diana, trop librement pour que ça me fasse du bien. Et pourtant je reste accrochée d'une main ferme au conservatisme de ma mère.

Et voilà maintenant que Diana se trouve sur Internet, à subir une fin déprimante. Elle se meurt, et personne ne se souviendra d'elle comme de la fille libre de Groenplaas, car une femme ne reçoit qu'une seule fois la chance de devenir elle-même. Je me rends compte que la famille va rincer tante Diana comme un légume fraîchement sorti de terre. Ils vont faire cuire son souvenir à feu doux comme un ragoût d'autrefois.

Nadia

Et les violons se turent

Le monologue de l'oncle Cannettes pendouille comme la bite d'un ivrogne qui a oublié de refermer sa braguette.

— Suivre pleinement la trace de mon défunt père n'est pas chose aisée, il faut que je mène la famille vers la terre promise.

Il nous fait chaque année ce scénario merdique, les flics le bouclent pour violences sur sa femme, il nous sort toujours un nouveau plan.

— Cannettes tourne de nouvelles pages, comme le vent agite du linge sec, soupire ma mère.

Nadia

Acceptation, tractations, dépression, fureur et déni

Nous sommes trop jeunes pour raisonner
Trop adultes pour rêver

Bryan FERRY, « Slave to Love »

Le soir même où l'oncle Cannettes achève son discours à la remise de son titre de Travailleur de l'Année, la police vient à Delmont Estate frapper à la porte de notre maison. Toutes les pièces détachées de voiture, volées par Cannettes, il les a cachées parmi mes jouets en peluche. Ma mère sait que ce sont des objets volés, tout le monde est au courant des turpitudes de Cannettes, mais personne ne s'inquiète. L'oncle Cannettes pique depuis des années. C'est souvent accepté dans notre famille, sauf voler de la drogue. Dans ce cas-là, on devient un voyou, une vraie merde. Cannettes chaparde chez le gouvernement, ce qui veut dire chez les Blancs, ce qui signifie que c'est un révolutionnaire, du moins c'est ainsi qu'il se justifie.

Mon grand-père a essayé une fois de raisonner Cannettes. « Si les flics t'attrapent, tu seras salement dans la mouise. » Mais Cannettes pensait être trop impliqué dans le jeu pour le quitter. Il a simplement répondu qu'il y avait aussi des Blancs dans le trafic, et qu'on ne coffre jamais les Blancs.

L'oncle a surestimé les privilèges de ses collègues blancs. Leur combine durait depuis deux ans quand ont commencé les descentes de police.

Ce fut la fin des haricots, la nuit où les policiers sont venus fouiller ma chambre. Je dormais, le policier m'a doucement soulevée de mon lit et m'a portée jusqu'à ma mère comme un poltergeist. Ils ont sorti ma grande boîte à jouets avec le dessin de Garfield dessus et l'ont placée sur mon lit. Le tiroir sous mon lit était plein de pièces détachées de voiture. Mon père travaillait de nuit, seules ma mère, ma petite sœur et moi étions à la maison. Tandis que nous étions assises dehors, ma mère a allumé une cigarette. C'est l'unique fois où je l'ai vue fumer. J'ai essayé de demander ce qui se passait, mais ma mère s'est fermée comme une porte dans un courant d'air.

Plus tard j'ai appris que ma mère, tante Daphnée et l'ex-épouse de Cannettes avaient cafardé. Cannettes s'était fait beaucoup de pognon avec les pièces détachées volées, mais il avait dépensé ou bu tout l'argent. Tante Daphnée est la première à avoir parlé. Ma mère hésitait, car l'argent supplémentaire de Cannettes, c'était du pain béni pour nous, mais elle savait que Daphnée n'aurait pas hésité à la faire coffrer en même temps que Cannettes.

Nadia

Pétaouchnok

— Un cochon reste un cochon, un Boer reste un Boer, peu importe le nombre de frangins qu'il a cachés sous son lit pendant l'apartheid. Faut pas te faire blouser par cet ange aux cheveux blonds, met en garde ma mère pendant que j'équeute les haricots verts avec une vieille lame de rasoir Minora.

— Qui sont les pires, je demande sans quitter des yeux la planche à pain où je travaille, les Boers anglais ou les Boers afrikaners ?

— Ma petite, les deux se valent... Faut faire attention aux Boers anglais parce qu'ils se croient supérieurs aux Boers boers, ils se moquent des Afrikaners, mais faut faire attention à eux. Les Anglais ont toujours une maison quelque part dans le monde pour se replier, et rien de tel que de posséder un autre chez-soi pour jouer au petit malin.

— Maman, je peux aller à l'enterrement vendredi ?

— Ma fille, ça me fait très plaisir que tu te soucies encore de la vieille garde.

Ma cousine Olivia déboule dans la pièce.

— Allons donc, elle veut simplement éviter de rester ici à cause d'Uncle Ben et de son combat de kung-fu.

Je lance ma tong sur Olivia.

— Tu dis des conneries, je veux y aller parce que jadis, la tante s'est bien occupée de moi.

Olivia enlève son t-shirt de boulot, rouge floqué Shoprite, sort des vêtements de son tiroir, sa trousse de toilette, et se précipite hors de la pièce.

— Oui, oui, file donc à Pétaouchnok, moi, là, je vais picoler.

Xavie

Bien mentir, c'est enfouir

John Tavner : *C'est ça qui a tout déclenché ? C'est ça, la méduse ?*
Tom Tavner : *La quoi ?*
John Tavner : *Ça arrive quand on cherche à résoudre un problème et qu'on s'en crée deux.*
Tom Tavner : *Pourquoi on appelle ça comme ça ? Méduse.*
John Tavner : *Faut être prudent quand on cherche à s'en débarrasser. On essaie, genre, de la couper, et on se retrouve avec deux méduses.*

Steven Conrad, *Patriot*

— Dis au policier que tu n'arrives pas à te souvenir de ce que tu as vu, ordonne tante Daphnée à Nadia. Dis que tu dormais, ajoute-t-elle.

Nadia est la seule témoin.

Tante Diana est allongée dans la chambre du fond, ses yeux sont gonflés. Dès qu'elle a accouché, ma grand-mère a saisi les jumelles, les a emmaillotées et les a apportées à deux étrangers dans une voiture verte. Quand Diana s'est rendu compte de ce qui se passait, elle s'en est prise à ma grand-mère, et du coup mon grand-père l'a battue. Dehors, l'électricien du Boer était en train de tirer des câbles, il a tout entendu. Il est parti et il a appelé la police.

Les policiers cherchent maintenant des témoignages, aujourd'hui particulièrement, d'habitude ils ne s'inquiètent pas, « ce sont des ploucs, ils se bagarrent ».

On me laisse de côté, on ne me demande pas de témoigner, les « avocats » n'ont pas besoin de mon histoire. En revanche, on prépare Nadia au cas où la police lui demanderait ce qui s'est passé. La chose principale à ne pas divulguer, c'est que Diana a accouché. La deuxième, c'est qu'on a donné les bébés, et la dernière, c'est que mon grand-père a frappé Diana.

Nadia

Tante Bon Conseil

— Écoute voir, ça fonctionne comme ça : quand un homme te bat pour la première fois, tu lui rends ses coups. S'il te cogne une deuxième fois, tu tapes plus fort. S'il te casse la gueule une troisième fois, tu l'asperges d'eau bouillante ou tu lui flanques un coup de couteau. Mais il faut l'envoyer à l'hôpital, sinon ça ne sert à rien. Quand il sort de l'hosto, veille à ce que la maison soit chamboulée façon-façon, que tout soit rangé différemment. Tu t'habilles, tu te prépares et tu fais ce qui lui déplaît le plus. Si tu fumes et qu'il te dit de sortir, tu fumes à l'intérieur. S'il aime les cheveux longs, tu te coupes les tiens court. S'il aime la viande grillée, tu lui fais du poisson. Quand il revient et constate que tout est merdique, fais en sorte que ce le soit bien clairement. Ce genre d'homme a les chocottes dès que son environnement est perturbé. Il essaiera de prendre une grosse voix, tu prendras alors le ton le plus doux : « Jean-foutre, si tu ne t'y fais pas, je pourrirai ton petit sam-suffit. » Peu d'hommes s'y risquent, mais si tu es tombée sur un gros dur qui pense qu'il peut revenir et jouer au chef, prends soin de frapper la première, cette rossée doit être la dernière.

Tante Trisha éteint son mégot et regarde droit devant elle.

— Mon mari était un gros dur, c'est pourquoi je l'ai enterré à poil. Son cercueil a coûté cher, c'était pour contrarier sa famille.

Xavie

Concile

Sur mon étoile, j'aimerais
Te suivre à la trace

Rose Royce, « Wishing on a Star »

Nous sommes six cousins et cousines à avoir grandi ensemble, dix en fait, mais les quatre derniers ne comptaient pas, car trop petits. Nadia, Rustig et moi sommes les plus vieux. Après nous, à très peu d'écart, viennent Taakie, Dali et Zodwa.

Nous sommes la génération du nouveau millénaire. On nous a stressés à propos de l'an 2000. Nés dans les années 1980, élevés par les années 1990. Thabo Mbeki était notre président, notre musique était dégenrée, les filles de notre génération furent les premières à porter des jeans délavés à l'école. On écoutait du kwaito en même temps que de la musique religieuse et on s'excusait en affirmant nos vrais sentiments. Nos parents se sont fourrés dans le ghetto des hypothèques, ouvriers dans l'industrie, employés territoriaux, détaillants. Avant, ils étaient ou bien ouvriers agricoles, ou bien domestiques. Si jamais on nous giflait en public, la foule autour faisait mine de ne rien voir, je peux vous dire ce qu'étaient les foutues années 1990 dans les Cape Flats. Humiliantes, poussiéreuses, lentes et merdiques.

Des pères et des mères toxiques, des enfants élevés sans religion. Mandela a proclamé la paix, et puis le temps a passé. Mbeki a annoncé la Renaissance africaine. Notre horizon, c'étaient plutôt les sangles de bottes et des trucs similaires. Y avait la guerre en Irak, la guerre dans le township. Pardessus le marché, la mort est venue décimer la famille, seuls les enfants ont survécu.

À quelques exceptions près, la famille du domaine agricole de Groenplaas s'est éparpillée dans les Cape Flats. Certains sont partis vivre dans des quartiers pour classe ouvrière supérieure, les autres, comme Nadia et moi, ont atterri par accident dans le ghetto le plus glauque. Quand je dis par accident, je veux dire que nos parents étaient des ruraux ignorants et savaient que dalle des Cape Flats. Le père et la mère de Nadia sont les premiers à avoir obtenu des jobs avec avantages matériels, c'est-à-dire avec prêt immobilier, couverture médicale et voiture bon marché. Tante Tina, la mère de Nadia, des années plus tard, a soupiré : si elle avait su que Le Cap était aussi merdique, elle aurait préféré un cabanon dans l'arrière-cour d'un voisin à Santekraam.

Il reste bien encore quelques adultes dans le concile familial, mais quand je parle des enfants qui ont survécu, je pense à ceux qui croyaient encore en notre grand-mère. C'est la seule personne que nous souhaitions approcher. Elle est l'ultime étape du jeu vidéo, le boss avant le boss final, plus lourde que le boss final. Elle est comme le Démon de la Haine dans *Sekiro : Shadows Die Twice.*

Xavie

Rage-Tapage

— Je cherche ma Dina, ma Dina, ma Dina, chante l'oncle Koos quand il est bourré et qu'il pisse au fond du jardin sur les citrouilles de ma grand-mère.

Koos Roos a plein de « o » dans son nom. C'est le mari de rattrapage de tante Diana. Quand elle est finalement revenue à Groenplaas, elle a épousé Koos. Tous ses enfants avaient dégagé, elle a pu se marier avec Koos afin que ma grand-mère se mette à la considérer un petit peu.

Koos est originaire de la province du Northern Cape, les gens de Groenplaas l'appellent Rage-Tapage. Du coup, c'est devenu le gars qui a plein de « a » dans son surnom. Quand il est rond ou camé, il se met à insulter les gens en nama. Ma mère soupire alors :

— Koos crache à nouveau des tonnes de popcorn.

L'oncle Koos, c'est l'autre Edward dans la vie de Diana. Quand elle pète un plomb, elle le traite de « trou de balle korana[1] » et elle le cogne. Il ne rend jamais les coups, je pense qu'il est sincèrement amoureux d'elle. Ma mère dit qu'on ne frappe les choses ou les gens que si on ne les aime pas, c'est pourquoi elle ne nous a pas battus quand on était enfants. La tristesse de l'oncle Koos pue le lait aigre et la bière.

---

[1] Korana : peuple khoï-khoï au nord du fleuve Orange.

Nadia

Confirmation

Si on pense à la mort, on met toujours l'accent sur la fin. Mais dans la famille McKinney, la mort était toujours le début de gros emmerdements. L'enterrement de l'un, c'est l'occasion pour un autre de se montrer. Les obsèques de Diana furent pour Koos Roos le moment d'intégrer pour de bon le clan des McKinney. Désormais il est connu comme le mari de Diana McKinney. Le véritable père de ses enfants. Il portait un costume blanc le jour de l'enterrement, comme un fidèle apostolique à quinze ans, le jour de sa confirmation. La mort de Diana conféra à Koos toute sa valeur. Il devint l'homme ayant épousé une femme avec son paquet d'enfants naturels. Tous l'appelaient papa, même s'ils ne le considéraient pas comme tel. *Diana laisse derrière elle un mari fidèle et six enfants, elle était une sœur, une mère et une fille dévouée.*

Diana était aussi une maîtresse pute qui, de son vivant, a sucé pas mal de bites, j'aimerais ajouter sur sa tombe terreuse.

Nadia

Nateur

Koos Roos avait un gros défaut, un défaut si grave que même ma grand-mère en a eu peur. Koos aimait regarder les beaux ados qui jouaient à poil dans la retenue d'eau. Ces jours-là, il quittait les vergers et son boulot. Sans le Boer, personne n'y aurait fait attention.

Le fils du Boer était venu passer les vacances à la ferme. Avec ses opinions « nouvelle Afrique du Sud », il était venu se mêler à nous. J'étais encore trop petite pour me soucier du gamin du grand Boer maigre. Un soir mon grand-père est rentré de son travail parmi les pommiers et nous a dit que le Boer cherchait Koos Roos, car il avait entendu dire que Koos embêtait les jeunes près du barrage. Mon grand-père et deux autres hommes sont entrés dans la maison de Koos. Un peu plus tard, ils en sont sortis, et derrière eux la tante Diana une grande canette de bière à la main, bien murgée.

— Le Boer laisse entendre que Koos est un mateur, ânonne la tante Diana, pétée.

Groenplaas et les fermes alentours appartenaient à un Boer anglais, venu directement d'Angleterre, lady Unetelle, sir Untel. Les missionnaires qui tenaient l'église et le jardin d'enfants venaient d'Amérique, donc tous les Blancs autour de nous parlaient anglais, juste çà et là un contremaître afrikaner ou du genre. Les Boers anglais s'exprimaient comme si la reine les avait délégués chez nous. « Bloody hell », lâchaient-ils tout le temps, ou « If the Good Lord allows it, then », mais rien n'était plus drôle à nos oreilles que les termes qu'ils employaient. Et le mot du jour, mateur.

— C'est quoi un nateur ? demande l'oncle Cannettes.

— *Jirre*, Cannettes, comment diable le saurais-je, je crois que c'est une danse de cirque.

Tante Diana et Cannettes éclatent de rire devant leur ignorance. Ils en rigolent tellement que ma grand-mère esquisse quelques sourires. Koos a cessé de reluquer depuis que tous les gens du domaine se sont foutus de lui.

— Il ne fait que regarder, a dit tante Daphnée, tant qu'il ne touche pas aux gamins, c'est pas grave.

De son côté, le Boer n'était pas d'accord.

— Koos a un problème, il faut qu'il aille voir un docteur, a déclaré lady Groenplaas.

Elle avait des manières de Blanche sérieuse, un mixte de Grace dans *Manderlay* et d'une Sandra Bullock moderne.

Ses longs cheveux, blonds et fins, faisaient penser aux filets des packs qui emballent les fruits de Groenplaas, ces espèces d'immenses toiles d'araignées, avec toutes les nuances de pâle. Mais elle demeurait gentille, même quand elle était très occupée.

Une fois, elle est venue avec ses deux chats nous chercher, Xavie et moi, pour pique-niquer sous un arbre. Sans aucun doute, c'est la chose la plus étrange que j'aie jamais vécue. Un pique-nique, c'est en gros comme le thé que prennent mes grands-parents quand ils rentrent du verger, après avoir récolté des pommes des heures durant, mais ça n'a aucune utilité. Xavie et moi, on a mangé les tartines de confiture que notre grand-mère avait préparées et empaquetées pour lady Groenplaas. C'est la raison pour laquelle on a tout mangé, car lady Groenplaas ne sait pas cuisiner, et l'aurait-elle su, Xavie et moi n'aurions jamais avalé la moindre chose qu'elle aurait touchée. Son basset, qui a une drôle d'odeur, lui lèche tout le temps la main et sa façon d'embrasser ses chiens et chats sur la gueule, c'était trop pour nous.

On a emmené Koos chez un docteur du Cap pour sa maladie de mateur. Au bout de quelques mois les commérages ont cessé et plus personne ne s'est moqué de Koos. Sauf quand certains s'enivrent et rappellent à Koos ses vieux désirs.

Quand les garçons ont entendu parler des histoires de voyeur concernant Koos, ils ont arrêté de se baigner à poil. Koos leur a enlevé ce plaisir, moi, ça m'a laissée de marbre, car la seule fois où on a été dans l'eau avec eux, un des garçons s'est mis à nager derrière mon amie Zinzi et à l'embêter. Toutes les filles sont sorties, j'ai bien vu que Zinzi avait envie de pleurer, mais elle s'est retenue. Elle est restée bien droite. Personne n'a dit que les garçons souffraient d'une maladie, personne n'est venu leur dire d'aller à l'hôpital, c'est pour souligner combien les anciens de Groenplaas étaient cons. Ils se foutaient de nous, les filles. Zinzi s'est remise à nager avec une robe à manches longues et jamais quand les garçons étaient dans l'eau.

J'ai eu de la chance, ma grand-mère m'a interdit de plonger dans la retenue d'eau, car mes cheveux gonflaient et collaient dès qu'ils étaient mouillés. Les doigts pleins d'arthrite de bonne-maman étaient trop tordus pour me peigner. Sauf que j'avais l'oreille fragile : dès que je mettais la tête dans l'eau, ça me faisait un mal de chien et je hurlais comme une folle, au point que ma grand-mère a pris peur. Je n'ai plus le droit de me baigner avec les autres. Je reste à les regarder, un grand chapeau sur la tête, tel un champignon, car j'ai beau être brune, ma peau se met à brûler, puis elle pèle comme celle d'un serpent.

Nadia

Porteurs de cercueil

Nadia McKinney
Xavie (Xaviar) McKinney
Taak (Tarquinn) Mc Kinney
Dali (Salvador) McKinney
Zodwa McKinney
Rustig (Raine) McKinney

Lors d'un enterrement, c'est vachement significatif si on te demande de porter le cercueil. Les porteurs sont classés selon l'importance qu'ils ont au sein de la famille survivante, pas forcément par rapport au défunt.

Les gens qui transportent le cercueil dans la maison, c'est le cercle extérieur. Ce sont les collègues, les amis de jadis. Parfois on y adjoint un cousin ou un oncle dégénéré afin que les amis se sentent plus proches ou, au contraire, pour éloigner le cousin ou l'oncle du reste de la famille. L'équipe qui sort la caisse de la maison est constituée d'amis considérés comme des membres de la famille, ou de membres de la famille que l'on considère comme des amis.

La politique subtile commence dès qu'il s'agit de transporter le cercueil à l'église. C'est là que la famille en vient à crâner. La famille qui vient de loin et les petits-enfants de la personne défunte, ce sont eux qui le mènent dans l'église. Si donc tu fais partie du cercle proche, et qu'on te choisit comme porteuse, faut le savoir, c'est un honneur, même si t'en as rien à branler, t'es obligée de t'y coller. Porter à la sortie de l'église, c'est strictement féminin, car le cercueil est encore sur ses roulettes ; pour celles qui veulent se la jouer mélodramatique, c'est le moment. C'est la dernière fois que cette âme chrétienne quitte la maison du Seigneur. C'est sacrément important de crâner en faisant son devoir de porteuse. Si tu possèdes des Ray-Ban, c'est un must. Si tu as une montre en or, ou une tenue chic, c'est parfait pour sortir de l'église, car tout le monde t'attend dehors et te dévisage. Tu vas demeurer pour l'éternité dans la mémoire de la foule.

Mais ceux qui assurent le transport jusqu'à la tombe, c'est carrément l'élite. Si ta famille est de la vieille école, les porteurs seront des mâles, des hommes de fer. Car il s'agit de porter pour de bon le cercueil sur quelques mètres. Il s'agit d'être costaud pour porter la personne décédée jusqu'à son trou. C'est là que tu es jugé sur ta façon de maîtriser tes émotions. Faut prendre un air dévasté, mais sans pleurer. Penser à un film de guerre juste avant que les Nazis exécutent la famille, une fin fière, de la tenue dans la mort.

Dans le cas de l'enterrement de bon-papa, la tante Maria a décidé de demander à tous les enfants de la famille de porter le cercueil à la sortie de l'église. Je pense qu'elle voulait qu'on se souvienne qu'on est tous des bâtards, même si on lui a répété des milliers de fois que le mot ne signifiait plus rien. Nous sommes des bébés post-religion, personne ne peut nous foutre la honte.

Pour notre génération de cousins, bon-papa est le premier défunt de la famille. Le frère de mon grand-père est mort depuis longtemps, quand on était encore petits, sa mort c'est donc comme le chiffre zéro, ça compte, mais tout le monde sait qu'il faudra commencer par le chiffre un. Bon-papa est le premier que nous connaissions et probablement la première personne décédée que nous aimions.

Nadia

L'origine mystique

— Qu'est-ce qu'un foyer sans mère ? demande le pasteur.

L'église est pleine, on a réservé les deux premières rangées pour la famille proche, mais les paroissiens s'y sont assis sans façon, et du coup je me retrouve avec mes cousins au bord de l'estrade. Le cercueil de tante Diana brille comme du sang de bœuf, aussi beau qu'une bière puisse l'être. Ma mère et ses sœurs affichent des mines défaites. Personne ne tient à pleurer pour de bon. Ma tante, celle qui chante toujours à l'église, fait partie de la chorale. Mon cerveau se débranche, car elle va bientôt essayer d'imiter les trilles de Whitney Houston, même si cela ressemble plus à du Patty LaBelle.

Mes cousines Deidré et Sammy sont accroupies devant moi, à même le tapis. Elles me font penser au temps où on était encore petits et qu'on allait chez les uns et les autres pendant les vacances scolaires. On habitait tous le ghetto, les vacances, c'était juste dans un autre ghetto où personne ne nous connaissait. Quand ils logeaient chez moi, on ne pouvait pas sortir, alors on restait dans ma chambre, sous des couvertures, à regarder la télévision, à manger des chips La Bamba Beef, avec une bouteille d'Eleven-in-One, arôme orange.

Lors d'un de ces séjours, j'ai oublié la crotte du chien dans la cour, alors mon père m'a rossée au point que j'ai piqué une crise. C'étaient nos dernières vacances d'enfants. L'année suivante, j'ai commencé à fumer de l'herbe et à m'entailler la peau. Une de mes cousines est tombée enceinte et l'autre a décidé d'aller travailler à l'usine de pommes. On avait à peine quinze ans.

— Ce que fait le Seigneur est bien fait. Il referme des plaies et Il apporte le réconfort, déclame le pasteur, et tout le monde se lève. Les porteurs peuvent-ils s'avancer : Tarquinn McKinney, Raine McKinney, Zodwa McKinney, Nadia McKinney, Salvador McKinney et Xaviar McKinney – ce sont nos porteurs, mes bien chers frères. Je vais vous dire une chose, les ouvriers agricoles donnent aujourd'hui des noms grandioses à leurs enfants. Les prénoms de Piet, Paul et Anna ont disparu, bien chers frères, à présent ils sont clinquants. Ma gorge se dessèche à prononcer ces prénoms.

Quelques paroissiens esquissent de petits rires chagrinés.

— Mais, vous allez être surpris, bien chers frères, j'ai croisé une fille qui a pour prénom Shay-Lee, mais dont le surnom est Chaussettes.

Le pasteur s'étouffe dans son sermon de merde, mais, putain, il n'arrête pas.

Zodwa et moi, nous nous levons pour nous placer devant le cercueil, les autres porteurs prennent leur place. Je trouve salement dégueulasse que Zodwa, Dali et Taakie aient à porter la caisse de leur mère, mais je m'aperçois que Zodwa a mis des lunettes de soleil trop grandes, elle est donc ici pour s'afficher car ma grand-mère ne l'a toujours pas reconnue comme une de ses petites-filles officielles. Elle n'entre pas dans les canons de la franchise familiale McKinney, comme dans *Alien, la résurrection* ou *Halloween 3 : Le sang du sorcier.* Moi qui suis la favorite de ma grand-mère, je porte le cercueil au même niveau que Zodwa, je me sens un chouïa fière d'être convoquée par la mesquinerie d'autrui.

Mais l'armure de Zodwa ne tient pas. Dehors, quand l'air froid nous a giflés, j'ai bien vu comme elle se dégonflait, comme elle rapetissait. Elle a eu d'abord un pli amer autour de la bouche, comme les bébés qui pleurent quand ils ont du chagrin. Puis elle a mordu sa lèvre inférieure. Elle a fermé les yeux, mais des larmes énormes lui ont coulé des yeux, qui ressemblent à des avions Ghibli. Elle a oublié de faire glisser les grandes lunettes qu'elle avait sur la tête.

J'ai pensé à l'attitude folle de tante Diana à son égard. « Fille de cafre », « Petite touffe », « Point de côté », elle appelait sa fille, et Zodwa souriait, sa fossette profonde absorbait le monde comme un puits. Zodwa et moi, comme ma mère et tante Diana, avons hérité des traits de notre arrière-grand-mère oromo : haut front, grands yeux et mains du tonnerre.

— Les peuples kouchitiques d'Afrique de l'Est, expliquait le prof d'histoire. Enfants d'esclaves sauvés par l'Empire britannique sur la route de l'Arabie, sauvés et accueillis à Lovedale par les missionnaires… quelle origine magnifique, mystique…

Mais ni Zodwa ni moi ne nous souciions de cette histoire d'origine. Dès la naissance nous étions conditionnées, entraînées pour vivre dans la laideur. Qui irions-nous combattre si on se tartinait sur les cheveux des pots de défrisants comme nos mères, histoire de rendre beaux ces affreux tifs ?

Christina monte dans la Peugeot couleur crème avec juste deux sacs en plastique, un jeu de vêtements propres pour elle et un pull taille unique pour Edward. Que peut-on bien apporter à un homme qu'on ne connaît pas ? Un homme auquel on ne tient pas. Elle a fait savoir au cousin d'Edward qu'il faudrait venir la chercher à Uitenhage, car le chauffeur ne poussera pas plus loin. Christina l'a imploré, supplié, mais il a soutenu qu'il ne dépasserait pas la rue principale d'Uitenhage. La poignée de la portière manque et on ne peut pas descendre la vitre.

— Kwawuleziza andinayo imini yonke, grogne le chauffeur à l'encontre de l'autre femme qui les accompagne.

Elle secoue la tête et monte à côté de Christina.

— Pourquoi cet homme feint-il de croire qu'il ne sera pas payé pour sa course ?

Christina opine et dit :

— C'est typique d'un instituteur guindé.

Ils démarrent, la femme à côté de Christina étend une couverture sur elle et colle sa tête contre la vitre. Christina bâille et regarde au-dehors le soleil qui aspire l'eau. La platine cassette de l'instit' passe du Judy Boucher. Cela pèse sur Christina qui ravale les sentiments qui montent en elle comme de l'eau de vidange.

Xavie

On peut y aller en douceur ou pas, moi, je préfère la manière forte

> Judge Dredd : *Elle est tombée amoureuse d'un voyou nommé «Psycho» Starling. Ils ont pris en otage tout un pâté de maison et tué trente juges. Vous trouvez que ça ressemble à Roméo et Juliette ?*
> Grice (frappant Dredd) : *Non, je dirais plutôt à une mâchoire fracturée.*
> Grice (cognant Dredd avec un marteau) : *Et ça… on dirait le paradis.*
>
> John Wagner et Alan Grant,
> *Judge Dredd. The Complete Case Files*

— Diana, est-ce que ce jeune homme a abusé de toi ? demande ma grand-mère.

Diana, assise, les mains sur le ventre, le regard fixe.

— Adriana, Seigneur Dieu, je te parle ! Est-ce que c'est Edward du cantonnement qui t'a approchée ? Diana ! Diana… Diana !

Bonne-maman prend Diana aux épaules et la secoue. Mon grand-père bondit et gifle Diana, fine et menue, au point qu'elle tombe de sa chaise et que tout vole autour d'elle. Comme dans les scènes d'interrogatoire dans les films d'action des années 1980. Mais Diana ne dit rien, elle se relève lentement, essuie le sang qui lui coule du nez, redresse la chaise et se rassied.

Mon grand-père la prend par le corsage et la soulève comme un drapeau.

— Réponds à ta mère, Adriana, sinon je te réduis en morceaux, beugle-t-il avec la voix qu'il emploie quand il prend la parole à l'église.

Xavie

Facebook de la mort

Plusieurs années plus tard, je contemple la photo de Diana sur Facebook, du temps où elle était petite. Dotée de grands yeux kouchitiques qui jamais ne pleuraient.

— Arrêtez de tout poster sur les réseaux, merde.

Je m'emporte contre mes cousins qui, comme des garçons de ferme jouant aux influenceurs, s'apprêtent à mettre en ligne les photos de Diana sur son lit de mort.

— Je les publie pour que les gens éloignés soient informés, rétorque Deidré.

— Ma vieille, ça faisait six mois que ta mère était salement malade, tout le monde savait ce qu'il fallait savoir.

Mais mes cousins considèrent que les réseaux sociaux sont une nouvelle étape du deuil. Ils vivent dans un cabanon en bois au pied d'une montagne, leur mère vient de mourir. Je suppose qu'ils tiennent à ce qu'on les remarque, pour une fois. Il n'y a que les gens comme eux qui postent leur vraie vie sur les réseaux.

Nadia

Don Sylvia

> Henry Hill : *Si tu fais partie d'une bande, personne n'ira jamais te prévenir qu'on vient te descendre, ça ne se passe pas comme ça. Il n'y aura pas d'invectives ni de malédictions, comme dans les films. Vois-tu, tes assassins arriveront tout sourire, comme des amis, des gens qui, toute ta vie, se sont souciés de toi. Il semble qu'ils s'amènent toujours où moment où tu touches le fond et que tu as le plus besoin d'eux.*
>
> Martin Scorsese et Nicholas Pileggi,
> *Les Affranchis*

Ma grand-mère est, par principe, une emmerdeuse. Elle ressemble à ce qu'elle est : courtaude, grosse, acide. Elle a arrêté de grisonner au milieu des années 1990, avant que j'atteigne l'adolescence. Ma mère disait : « On ne grisonne que si l'on grandit et si l'on vieillit. » Clairement, ma grand-mère est restée puérile et malintentionnée comme une ado gâtée.

— Tu vas la bouffer ta bouillie, on vous chouchoute trop.

Ma grand-mère engueule ma cousine Boogie, la fille de mon oncle Cannettes, qui vient de repousser son assiette de *mieliemeel.* Boogie pleure parce que ma grand-mère insiste pour qu'elle avale ce qu'elle a recraché. Je suis assise de l'autre côté de la table.

Je regrette d'avoir terminé ma bouillie. Je fixe ma cousine et j'essaie de lui transmettre toute ma haine pour cette vieille femme, histoire de lui refiler ma force. Je scande en silence: *Fais-la chier, Boogie, ne cède pas, c'est une connasse.*

Boogie soulève sa cuillère, prend un peu de bouillie et la recrache à nouveau. Le torchon mouillé de ma grand-mère file dans l'air comme une flèche et touche ma cousine sous l'œil. Le tissu lui fend la peau, formant une petite ligne sanglante. La vue du sang fait baisser la rage de ma grand-mère. Elle saisit ma cousine par le bras pour l'entraîner à la salle de bains. En silence, je me libère de ma rage à moi.

Ma grand-mère est une salope, je me dis.

Je suis la favorite parmi ses petits-enfants. Je ne sais pas pourquoi. Ça ressemble à la favorite d'un chef de gang, au final je vais tellement la décevoir qu'elle va devoir se salir les mains et me descendre avec un fusil à silencieux. Avant de me tirer dessus, elle dira: «J'ai essayé de te prévenir, mais, putain, tu voulais rien entendre.» Un jour plus tard, elle choisira mon successeur, mais plus jamais elle ne sera la même tueuse de sang-froid.

Xavie

Lévitique 15, verset 19

Ma grand-mère, c'est du gâchis. Ses frères et elle, dans leurs jeunes années, ont kidnappé un gamin de la ferme et l'ont rossé. Ma grand-mère lui a murmuré un truc à l'oreille, le gamin s'est carapaté à la maison et n'a raconté à personne ce qui lui était arrivé. Aujourd'hui encore, on s'interroge sur ce que ma grand-mère lui a dit. Nadia pense que bonne-maman a glissé au petit Boer qu'il serait capturé par les *tokoloshes.* Les jeunes Boers chiaient dans leur froc en imaginant un tokolosh, un tout petit bonhomme noir avec une bite d'enfer. Elle a peut-être raison, car le fermier de Groenplaas a placé d'énormes sacs de sel devant ses portes. C'était un sale raciste.

Revenons à ma grand-mère. De tous ses coups pendables, le plus morbide c'est quand elle a plongé ma cousine Boogie dans un bain froid parce qu'elle venait d'avoir ses règles. Elle l'a prise par les cheveux et l'a tirée jusqu'à la salle de bains, l'a fessée avec sa tong, l'a plongée dans l'eau froide et l'a morigénée. À la fin de ce châtiment, elle a emmené ma cousine dans le débarras avec une couverture, un oreiller, et l'a obligée à y dormir jusqu'à la fin de ses règles. Comme la femme du Lévitique. Ma grand-mère a puni ma cousine de douze ans parce qu'elle devenait pubère.

Nadia

Je veux me tromper sur tout

Je suis une romantique. Dans le sens j'aime cette saleté de blues, j'aime être schlass. Se sentir à plat et mal à la fois, c'est une des meilleures sensations au monde. Quand t'es foireuse, tu absorbes tout: les mauvaises vibrations, les mauvaises gens, la mauvaise musique, les mauvais garçons. « Bad boys, bad boys, what you gonna do ? »

Les romantiques ne doivent pas se rendre à l'église, car si les paroles te résonnent dans l'oreille, tu t'oublies. C'est débile d'être affectée par des mots et la Bible est sacrément pleine de belles paroles. Presque aussi belles que celles des Russes qui écrivent dans le froid, comme en hiver dans la cuisine humide et chaude de mes grands-parents, l'hiver quand je me réveille paniquée à cause de mes bleus, de la voix sauvage de mon père, de l'amour dilué de ma mère – moi, dans toute ma splendeur. C'est la sensation qui consolide le tout.

Mon dernier dimanche à l'église fut le pire, je voulais désespérément casser quelque chose – mon cœur, mon esprit, mon corps, n'importe quoi. L'épuisement m'a gagnée un matin froid dans une église glaciale. J'ai senti de longs échos, crescendo, dans ma tête, des percussions qui tordent les tripes me sont entrées dans les oreilles comme de la cire.

Je ne veux pas rester ici, car il n'y a rien pour moi ici. Le ciel est ma maison, Jésus est mon roi… Les chœurs d'église consolent les paroissiens comme une vieille couverture dans une cabane vide. Je ne veux pas choisir entre bien et mal, je veux être tout et rien.

Selon la personne à qui tu t'adresses, ma tante Diana a fait des mauvais choix ; elle n'est toutefois pas ce que l'on croit. Si vous me le demandez, je dirais que c'est une femme bien, parce qu'elle a fait ses choix toute seule. Ma mère, que tout le monde croit bonne, est en fait mauvaise, car d'elle-même, elle ne choisit qu'une goutte et suit la mer pour le reste. Moi, je choisis la mer, même si je sais qu'elle va m'engloutir parce que je ne sais pas nager. Je veux me tromper sur tout, sauf sur moi-même.

Nadia

Tina-la-Rouge

Ma mère se situe dans la portée intermédiaire de mes grands-parents, celle qui est née entre 1951 et 1959. Le bruit court que ma mère était la favorite de mon arrière-grand-mère et que cette dernière était plus rude que l'hiver dans l'Overberg. Un matin, à douze ans, ma mère a été réveillée par ma grand-mère qui lui a dit de se préparer et de l'accompagner à l'unité d'emballage.

Un point c'est tout.

C'est ainsi qu'une vie entière se dessinait : quelqu'un décide que tu es apte pour un travail d'enfant, et tu te mets à bosser jusqu'au jour où tu n'en peux plus.

Mais Christina avait un grain. Née avec de l'amertume aussi noire que la grande tache qu'elle porte dans le dos, comme le continent noir. Elle était plus grande que sa sœur aînée, avait une voix rauque et roulait les *r* contrairement à tout le monde autour d'elle. Christina était de ces enfants qui sont populaires hors de leur foyer. Quand elle a eu dix ans, ma grand-mère l'a pratiquement plongée dans le baptistère, car elle voulait noyer son esprit têtu. Mais Christina avec sa tache de naissance noire sur le dos a chassé son christianisme à coups de brandy Olof Bergh et de cigarettes Courtleigh. Elle s'est teint les cheveux en noir pour se démarquer de ses sœurs rousses.

En ces temps d'oppression systémique du pays, le chouïa de mode autorisé, elle l'a porté : minijupes, boots, chignon choucroute, car on pouvait se moquer de cheveux vaguement crépus. Les débuts débiles de Christina furent moins graves que ceux de ses sœurs. Tout ce qui lui arrivait, c'est qu'elle perdait les pédales de temps à autre ; et quand elle perdait les pédales, c'était grandiose.

Avec d'autres filles du coin, elle a fondé un groupe de country qui jouait les hits de Patsy Cline et des Everly Brothers. L'apartheid a fait d'elle une servante pour petits Blancs.

Quand je suis née, elle m'a d'abord cherché une marque de naissance noire. Je n'en avais pas, mais elle était contente que j'aie, au moins, la peau sombre.

Quand je dis que ma mère était folle, cela signifie qu'elle avait du caractère. Elle était encore adolescente quand un de ses oncles lui a annoncé qu'elle aurait un jour des seins tombants comme la grand-mère. Ni une ni deux, elle a été mettre le feu au veld, à l'endroit où mon oncle et ses potes jouaient aux dominos. Les flammes à hauteur de genou firent un cercle autour d'eux. Les gens qui travaillaient près de la retenue d'eau sont arrivés en courant pour éteindre l'incendie. Dès lors, tout le monde a appelé ma mère Tina-la-Rouge. Cela faisait allusion à la couleur cuivre de ses cheveux et au vermillon qui lui montait aux joues quand elle se fâchait.

Tout le monde disait qu'elle était trop belle pour être aussi folle. Mais dans notre famille, toute femme qui pleure quand elle est en colère est qualifiée de folle. La colère et le chagrin sont deux extrêmes, on est forcément folle si on n'arrive pas à se contrôler. Comme si les hommes pouvaient contrôler quoi que ce soit – la plupart ont plié l'échine et l'ont vendue à bas prix. Tout ce qu'il leur reste, ce sont leurs femmes qui repassent leurs vêtements et entretiennent leur virilité. Un zeste de ceci contre les crampes, une pincée de cela contre les brûlures d'estomac, une attention au gamin illégitime, une autre pour l'accueil après le travail. Faut assurer le *braai* après le Top 14 de rugby. Toujours, il faut préserver la respectabilité de la famille métisse.

C'est pourquoi je ne pleure pas. Quand la colère monte avec des larmes, je me bats. S'il n'y a personne à frapper alentour, je me fais mal à moi-même. Car une chose est certaine, je ne donnerai rien à personne pour des prunes, je me contrôlerai toujours.

Xavie

Sautillante Daphnée

Si tu as connu la tristesse au point d'avoir mal partout, tu comprendras ce qu'on ressent quand on enterre sa petite cousine. Quand je dis que, ce jour-là, notre cœur à tous saignait, je n'exagère pas. Tasha. Encore un bébé. Douze ans. Tous les cousins et les cousines, nous étions assis à la première rangée dans l'église. Les fleurs blanches étaient belles, nous avons soulevé ensemble le cercueil blanc. Pas un seul adulte n'est parvenu à nous consoler. On n'avait peur ni des gifles, ni de la honte. L'une d'entre nous est morte. C'est ainsi qu'on le ressentait, tous. Je pense qu'on restera éternellement jeunes et abandonnés par nos parents.

Tante Daphnée avait l'habitude de dire : « Quand nous étions enfants, les enfants étaient encore des enfants. » Un vrai dicton de vieux Boer. Une façon de souligner que nous avions échoué à être des enfants. Eux, ils avaient été de vrais enfants. Sacrément bons pour prendre des claques et des paroles blessantes. Ils avaient été remarquables en matière de lavage de cerveau, et encore meilleurs pour reprendre les défauts de leurs parents. Mais c'est une tante folle. Dans sa jeunesse, elle était bonniche d'apartheid à bon marché. Tout comme sa jambe plus longue que l'autre, ses pensées étaient également bancales.

Ma mère m'a raconté que tante Daphnée a fini par balancer l'histoire dégueulasse concernant Edward. C'est elle qui a raconté à ma grand-mère que tante Diana fréquentait des gars du cantonnement, une ruse majeure, car elle taisait qu'elle-même putassait avec un Blanc marié travaillant à la boulangerie. Le nom de baptême de l'oncle Cannettes, c'est Edward McKinney. Donc, chaque fois que tante Diana parlait de retrouver Edward à la retenue d'eau, ma grand-mère présumait que c'était Edward, le frère, et pas le teenager qui apportait le bois tous les vendredis soir. Diana était encore toute menue, la vieille avait complètement foiré le passage à la puberté de Diana.

En ce temps-là, il n'y avait, me semble-t-il, que des bébés et des adultes. D'où notre situation coincée : nous restons enfants plus longtemps qu'ils ne l'ont été, et en même temps les adultes se mettent à tout foirer. L'enfance, ça passe tellement vite qu'ils n'ont montré aucune patience avec nous.

Nadia

Préludes

La veille de l'enterrement, nous avons passé la soirée, Xavie, Taakie et moi sous la tente militaire de mon oncle, installée dans l'arrière-cour. On a allumé un feu, on n'a presque rien dit et on a surveillé les flammes. Ma mère est sortie un moment pour nous apporter un thermos de thé et des mugs. On a bu le thé. Ma mère est ressortie un peu plus tard, elle est restée debout à contempler les étoiles.

— Si les étoiles volent aussi bas dans l'air, il fera beau demain, a-t-elle dit.

Elle est restée un long moment à les regarder. Tous les trois, on la fixait comme si elle était une âme, si des fois l'âme ressemblait à une personne. Bleue dans la lumière de la lune, une femme incroyablement brisée.

Maman, dis quelque chose. Parle-nous, nous qui te regardons comme si nos matins étaient déjà cramés. Maman, nous sommes tout doux, ne nous force pas à devenir durs. Maman, prononce son prénom. Nomme-la, afin que les étoiles, si belles à tes yeux, tombent du ciel, et que la petite fille retombe avec elles, sans son nœud coulant au cou. Qu'elle redescende parmi nous, afin que nous arrêtions de grandir. Maman, ne permets pas que nous enterrions une personne de plus, je voulais lui dire.

Que notre cousine de douze ans se soit pendue, c'était terrifiant, mais il était carrément injuste de nous refuser l'accès à Jésus pour qu'il nous pardonne et nous aide.

Le genre de désespoir que l'on ressent comme adolescente est différent de celui que l'on éprouve comme adulte. Le premier désespoir n'appartient qu'à soi-même. Celui qui reviendra si on atteint trente ans, ou même cinquante ans, est un désespoir qui nous broie, c'est la seule certitude dans le monde entier. Le désespoir chante à tes oreilles, c'est la seule chose en laquelle tu croies vraiment.

Je suis triste pour Tasha, mais je ne pleurerai pas, car je suis en partie contente pour elle. Mourir est une chose, mais se pendre nécessite une force particulière. Je n'ai pas cette force-là, cet esprit de décision. Je porte trop d'espoir en moi, je crois trop en moi, le suicide ressemble trop à une trêve, et je ne donnerai jamais ça à mes parents, cette chance d'apparaître comme des victimes en enterrant leur enfant. En effet la culpabilité les stimulerait au lieu de les miner. La douleur les rendrait plus forts au lieu de les détruire.

J'imagine mon père capable d'en faire toute une histoire. « On s'est beaucoup frités, mais je voulais qu'elle demeure dans le droit chemin. » Ensuite il se mettrait à pleurer comme un Noir dans un film plein de stéréotypes blancs. La masculinité noire crevant l'écran, style ces putains de vibrations à la Djimon Hounsou.

Ma mère se mettrait en colère, car elle se dirait : « Sale fille, maintenant mon mec va se chercher une autre enfant. »

Ma grand-mère dirait simplement : « Les enfants d'aujourd'hui sont élevés sans Dieu, le suicide est un péché. » Mais en secret, je lui manquerais, ce serait probablement la seule adulte qui me regretterait vraiment.

Xavie

Tu n'es pas ma mère

Tante Tina répète tout le temps: «Les gens traitent mieux les enfants des autres que les leurs, car on ne sait jamais ce qui se passe dans les autres foyers.»

Ma cousine Nadia en veut à sa mère pour cette raison. Elle m'a dit un jour:

— Ma mère se veut Jésus pour tous, sauf pour ses propres enfants. Elle délaisse le troupeau de moutons à la recherche d'un seul, et quand elle revient, tous les autres moutons sont dans la mouise… Alors elle se met à soupirer, à s'en laver les mains, car on aurait dû savoir que c'était mieux ainsi.

Le problème, c'est que Nadia sait ce qu'elle veut. Si ta mère t'élève bien, il ne faut pas lui en vouloir de partager son affection. Mais Nadia est plus que jalouse, elle se sent offensée de ne pas être comme nous. D'être futée et responsable. Je pense qu'elle en veut à sa mère parce que, contrairement à nous autres, elle n'a pas besoin d'elle. C'est ce qui arrive quand on est éduquée sous le joug de ma grand-mère. Élevée comme ça, on ne change plus. Personne ne peut venir à bout d'une fille de neuf ans qui s'est confrontée à sa grand-mère et qui l'a domptée. Et pas l'inverse.

Tout le monde le dit, ma grand-mère a craqué quand Nadia a voulu retourner chez sa mère au Cap. Le jour de son départ, Nadia est allée saluer l'ensemble des gens du domaine agricole et elle a lancé à ma grand-mère:

— Tu n'es pas ma mère.

Ma grand-mère a saisi Nadia par les cheveux et l'a giflée plusieurs fois du plat de la main. Jusqu'à ce que l'oncle Cannettes intervienne en criant :

— Seigneur, maman, arrête de frapper, cette enfant est assez battue !

Nadia, c'est du gâchis. Si Nadia pouvait comprendre sa chance, elle arrêterait de se détruire.

Ses relations avec sa mère sont constamment tendues, depuis qu'elle est petite. Imagine, tu as huit ans et ta mère te tape, tu te lèves la nuit, tu vas chercher le plus gros couteau du tiroir de la cuisine, tu te pointes au bord du lit de ta mère et tu murmures : « Si tu me frappes à nouveau, je te coupe la tête. » Un an plus tard, quand elle est rentrée pour de bon au Cap, son père l'a cognée d'emblée. Dès son arrivée, car elle l'avait salué en lui tendant la main.

Ma mère m'a dit :

— Nadia lui pétera la gueule un jour, cette fille est possédée par le diable, ils feraient mieux de l'expédier ailleurs.

Ils ont bien essayé de l'éloigner. D'abord chez une tante qui était institutrice, mais Nadia et elle se sont trop bien entendues, et par-dessus le marché, elle laissait Nadia lire ses livres. Quand Nadia est revenue, elle n'avait pas de vêtements dans son sac, rien que des livres. Son père a beau la battre, sa mère a beau l'ignorer, rien ne peut la briser.

Xavie

Vent

Il y a plein d'endroits où l'âme peut s'en aller une fois qu'on a poussé le dernier soupir. Ça dépend de qui on était. Quand je dis ça, il ne s'agit pas de son nom, ni de celui de sa mère, je veux dire le bruit que fait le silence quand on a disparu.

Mon père était un homme de mer, les vieux de Santekraam le surnommaient Dupoisson, tellement il ne s'intéressait qu'aux poissons. Il partait en mer sept jours par semaine. Une occupation bien trop profane, trouvait la grand-mère Hand.

— Personne n'a besoin de s'adonner de la sorte à la pêche. Si un homme délaisse sa femme et son nouveau-né dans leur petite maison minable, il faut se faire du souci, comme on dit au Cap.

Mais mon père ne se faisait jamais de souci, surtout après avoir bu. Persiffleuse, Nadia dit que tous les hommes qui aiment la mer sont sacrément violents, les gens qui portent en eux la tempête recherchent tout le temps la mer. « Qui se ressemble s'assemble, indique-moi un seul homme en mer qui ne soit pas un vrai con. » Elle avait raison, tous les pêcheurs étaient dégénérés. Mon père est parti dormir un soir et ne s'est pas réveillé. Ma mère est restée allongée des heures à ses côtés avant de se lever et de faire venir la grand-mère Hand.

Les pompes funèbres les plus proches se trouvaient à Cornishdale. Le problème c'est que les familles de mon père et de ma mère étaient à couteaux tirés. Quand elles ont appris la mort de mon père, elles ont fait savoir qu'elles n'avaient pas de moyen de transport. Deux pêcheurs ont dû marcher jusqu'à Bokvallei pour se faire conduire ensuite chez le croque-mort et lui signaler le décès. M. Jantjies est arrivé et il a planté un barnum devant la maison, avec plein de franges orange qui pendaient partout. Il arborait un nœud papillon orange et mettait la main sur le genou de ma mère chaque fois qu'il prenait la parole.

La grand-mère jugeait que M. Jantjies était un fornicateur car il portait des chaussures blanches. Les hommes qui se promènent en pantalon blanc ou en chaussures blanches sont des fornicateurs. Ma mère a secoué la tête.

— C'est pas un fornicateur, c'est un vautour déguisé en cygne.

Les gens qui se font de l'argent sur la mort ne sont que des charognards, disait ma mère, comme si elle croyait qu'on ne devait pas payer pour se faire enterrer. Moi, je songeais qu'elle est un peu stupide, cette idée que la dignité d'un homme soit attachée à la façon clinquante de le mettre en terre. Les coloniaux et les esclavagistes de jadis avaient un avantage sur les fosses communes, ils balançaient les fauteurs de trouble par-dessus bord.

La sœur de ma grand-mère racontait des histoires de son aïeule qui avait été esclave ; à l'époque on brûlait les fouteurs de merde avant qu'ils ne se mettent à puer. C'est seulement quand ils se sont mis à aller à l'église qu'ils ont vidé leurs morts dans un trou de sable. Maintenant on enterre tout le monde.

— S'il y a une chose que je ne supporte pas, c'est l'humiliation dans la mort, a dit monsieur Jantjies. C'est pourquoi je procéderai gratuitement à cet enterrement.

Je connais la vie par ici, Zaza, les temps sont difficiles, nous vivons les derniers jours, la fin du monde est proche, il s'agit d'être bons les uns avec les autres.

Après l'enterrement, la maison a changé d'aspect, elle était plus grande, les quatre pièces paraissaient plus claires, mon père était parti. Ma mère a quitté ses habits d'église et a commencé à nettoyer. Je suis allée chez l'oncle Marius demander de la peinture, et une brouette chez l'oncle Piet. J'ai dû ficeler les habits de mon père et les charger sur la brouette. Ses vêtements de travail qui gisaient dans l'évier, je les ai ajoutés. J'ai voulu vider l'eau, mais ma mère a crié :

— Non, vide l'eau dans cette fichue brouette et va jeter le tout derrière les rochers. Les roches derrière la colline.

Elle a allumé une cigarette et s'en est retournée dans la maison. J'ai poussé la brouette pleine de vêtements et d'eau sale jusqu'en haut des rochers. Arrivé au sommet, avant de renverser la brouette, j'ai regardé la mer. Cette mer bleu foncé qui est l'éternité. Le vent mordait, je me sentais comme dans un rêve, attaqué par des lames. Ce n'était pas un beau jour, mais un jour vide, un jour plein de trous causés par le vent.

Nadia

Oasis

Mon cousin Xavie est fils unique. Nous sommes nés en 1981 à trois jours d'écart. Lui dans les toilettes de la gare du Cap, moi dans une clinique de Macassar. La chanson favorite de ma mère c'était « Being with you » de Smokey Robinson. Ce mois-là, les films les plus populaires étaient *Rien que pour vos yeux* et *L'amant de lady Chatterley*. On était en plein apartheid, ma mère était classée Métisse du Cap et fumait de petites Courtleigh. Mon cousin et moi étions tous deux bâtards, des bébés nés avant le mariage, à cette époque c'était encore injurieux. Mais ma grand-mère est venue me kidnapper et m'a emmenée au domaine agricole de Groenplaas. Xavie a été emmené au village côtier de Santekraam où son père disposait d'une camionnette à poisson. On se voyait presque chaque semaine, car son père venait vendre son poisson jusque dans les fermes. Quand nos mères ont obtenu des revenus stables, on est partis ensemble pour Le Cap, chacun dans une maisonnette de la municipalité. Lui, avec un père que tout le monde rudoyait parce que la mer lui manquait. Moi, avec un père soûlographe qui me battait. Mais la famille de Xavie a dû retourner fissa à Santekraam, son père trop susceptible commençait à avoir des problèmes. Xavie et moi, on était dès le départ comme deux rivaux sportifs. Lui, avec le soutien du patriarcat métis, édulcoré mais toxique, moi avec ma mère et ma grand-mère dont la bouche crachait du feu, comme si j'étais faite de flammes. Après la mort de son père, Xavie et sa mère sont retournés au Cap, près de chez nous. Lui et moi sommes inséparables, avec notre accent bizarre parmi les Métis du Cap.

À seize ans, on nous a envoyés tous deux chez des psychiatres. Moi pour automutilation, Xavie pour mutilation générale. On a diagnostiqué à Xavie un trouble de la personnalité, à moi une dépression. J'ai reçu des médocs, ceux de Xavie ont été méprisés et jetés à la poubelle. Ma tante a donc envoyé Xavie dans un centre chrétien de rééducation qui traitait d'abus de drogue. Xavie n'y avait pourtant jamais touché. Quand il est sorti de l'institution, c'était un autre homme, un drogué en voie de guérison.

— Xav, tu n'as jamais pris de drogue ? je demande.

Xavie secoue la tête.

— C'est bizarre, Nadia, tous les gens du coin étaient camés, je savais pas comment me comporter. C'était comme si on vous forçait à vous confesser. Si quelqu'un disait une chose de travers, il déclenchait les foudres de l'enfer. Le bazar qu'ils organisaient chaque matin : tout le monde assis en cercle, presque comme au jeu de la bouteille. Si un des conseillers faisait tourner la bouteille et si elle s'arrêtait sur toi et ton voisin, il fallait confesser toutes tes pensées de merde. C'est bizarre, à la dernière session, c'est tombé sur moi et une fille. Elle a raconté une sombre histoire de viol, et tout le monde s'est mis à pleurer. Ensuite, c'était mon tour, et le conseiller m'a demandé si j'avais violé quelqu'un, car le Saint-Esprit lui susurrait que je portais un lourd secret.

Je me mets la main sur le visage et j'écoute Xavie qui s'allonge sur le paddock les mains derrière la nuque et fixe le plafond.

— Ils se mettent alors tous à me regarder et quelqu'un dit que Dieu m'a déjà pardonné mes péchés, il me faut les partager afin que je puisse me pardonner moi-même. Alors j'ai dit oui, j'ai violé quand j'avais douze ans et que j'en étais désolé. Tout le monde salue alors mon courage, en répétant que Dieu m'a pardonné. C'était bizarre, ils étaient heureux que j'aie raconté cette connerie, je sais pas quoi faire de toute cette bouse, c'est bizarre, Nadia, je me sens comme un drogué violeur, alors que je sais que je le suis pas. Je sais pas, je me sens merdique à cause des conneries de mon père.

Je sais pas quoi répondre à Xavie, je veux le câliner, mais ce n'est pas notre genre, à lui et à moi. Je m'allonge à côté de lui et dis :

— C'est foutu, mais au moins tu es sorti de cet établissement… Ces gens-là semblent complètement perchés… On dirait une secte bizarre.

Quand nous nous sentons maladroits, nous écoutons de la musique. Il met toujours la même cassette depuis deux mois, sans arrêt, on écoute cette chanson d'Oasis…

So don't go away, say what you say
Say that you'll stay
Forever and a day in the time of my life

Nadia

Stoïque merdique

Je n'arrive pas à changer l'humeur de Xavie, nous faisons partie de la même secte familiale, nos corps et nos âmes ne résisteront pas éternellement à ce poison lent. Il finira par nous submerger, et nous deviendrons comme eux. Xavie reste avare sur les questions qu'il se pose. Les problèmes qui le tracassent, il en parle à peu de personnes, toujours bien choisies. Moi, c'est tout l'opposé, je dis au tout-venant quand un truc me survient et m'emmerde. Je veux que les gens autour de moi soient sur leurs gardes, comme ça s'ils savent que je suis mal dans ma tête ou que mon père me bat pour s'amuser, ils seront enclins à ne pas s'approcher trop près de moi, mieux vaut rester à distance. La pire chose qu'il puisse arriver, si l'on est comme moi, c'est que quelqu'un vienne se mêler de mes affaires de merde et que je ne puisse pas continuer à tracer ma vie toute seule, en dépit de mon caractère impossible. Xavie, qui n'abat pas ses cartes, pense que je resterai seule, tandis que lui trouvera quelqu'un. Je lui souhaite ce que je me souhaite en secret : rencontrer quelqu'un qui comprenne toutes les conneries qu'on a dans la tête. Lui et moi, nous ne serons pas toujours aussi proches ; les gens brisés ne se consolent que par morceaux. Mais tout ce que je sais, c'est qu'un jour je voudrais être seule, je ne peux pas dépendre de mes émotions ordinaires. Ordinaires, c'est trop demander, et dans l'ensemble je ne vais pas faire d'efforts pour être aimée. Si j'aime mon horrible mère et ma grand-mère psychotique, quelqu'un peut bien m'aimer comme je suis.

Nadia

Passé refoulé à la télé

— Mets la télé plus fort, c'est l'heure de *Ricki Lake.*

Comme si l'univers en avait plein le cul de ma mère et de moi, l'épisode du jour s'intitule « Mères en colère ». Je me sens paralysée, nauséeuse, et j'aimerais être ailleurs. Mon dégoût de moi me sort par les pores, car aujourd'hui je suis retombée dans ma tristesse, je me sens me noyer. J'ai enfilé tous mes vêtements : deux culottes, trois t-shirts, un vieux chandail et un bonnet vert dégueu. La maison sent l'estouffade de foie d'hier soir. Le docteur m'a diagnostiquée : personnalité plutôt borderline, stress post-traumatique, mutisme sélectif, dysmorphie corporelle et anxiété. À part ça, j'ai développé des furoncles purulents partout sur le torse, il va falloir que le docteur les presse un par un. Ces abcès, dit ma mère, proviennent de mon trop-plein de négativité. Ma mère a de l'arthrite, je pense que ses jambes lui font très mal parce que c'est une connasse mollassonne.

Dans *Ricki Lake,* la mère ressemble à une femme dans une vidéo de Guns N'Roses, et sa fille au portrait d'une personne recherchée. Elle se plaint que les sorties violentes de sa mère lui collent une dépression. Pendant qu'elle parle, le public lâche plein de « oooh » et de « aaah », opine et juge de façon sévère, comme si leurs propres enfants ne les haïssaient pas.

— Parents, nous devons apprendre à écouter, lance un des experts sur le plateau, qui donne l'impression de voir ses enfants un week-end sur deux et de suivre les réunions des Alcooliques anonymes en milieu de semaine.

Tout le feu en moi s'est éteint, je regarde et ne sens rien.

— Je me sens vide à l'intérieur, dit la petite fille.

— Que sais-tu du vide ? grogne ma mère en sirotant son earl grey.

Nadia

Mort à crédit

— Moins tu te montres, dit ma mère, moins tu recevras de baffes.

— Je suis moins que rien, et il continue à me battre.

— Les enfants d'aujourd'hui manquent de bonnes gifles, dit ma tante qui n'a pas encore d'enfants.

Elle cause comme une femme qui paierait à crédit les raclées de ses futurs rejetons.

Je me suis rasé le crâne, une inspiration à la Sigourney Weaver dans *Alien 3*, parce que mon père n'arrête pas de me saisir par les cheveux, comme une putain de poupée de chiffon. À présent, tout le monde m'en veut, parce que je ne suis plus belle. Je suis exactement la même. La tante a quitté d'un coup Santekraam pour River Avon, histoire de venir voir cette « créature défigurée » décrite par Daphnée.

— En plus, tu parles comme les voyous du Cap, essaie de bien parler, râle-t-elle en entendant mon idiolecte de ghetto récemment appris.

— Maman, je suis un produit de mon environnement, excuse-moi, tantiiine.

— Sarcastique ! crie ma mère, comme si le sarcasme était un péché.

— Tout juste, Auguste, je soupire.

— Tes cheveux ne sont pas souples, et tu veux une tête de garçon, miséricorde, tu fais partie de ces filles inconvenantes et détraquées avec des têtes de mec.

J'éclate de rire, car la honte s'abat sur son visage comme un rideau noir.

— Je vais dire à papa que tu parles de filles détraquées.

Je prononce ça avec un rictus odieux.

— Nadia, petite conne toute maigre, qui prend la vie pour un trou de balle ! jure-t-elle.

Je me suis coupé les cheveux, car je déteste mon père, mais quoi que je fasse, il trouve la parade.

Jésus, merde, Jésus, tu vas m'aider ? J'ai tout essayé, Jésus. Aide-moi, putain. Si je le pouvais, j'aimerais mourir, rester à terre la prochaine fois que les coups de poing pleuvront comme de la grêle sur un toit de zinc. Je ne sais pas ce qui, chez moi, fâche mon père, mais ça me reste collé à la peau comme de l'herbe humide. Hein, Jésus, le fils de Dieu, le Conseiller, le Seigneur de Paix, Mister Big Fucking Deal, viens m'aider, on dit que tu aides tout le monde.

— Regarde à quoi je ressemble, un régal pour les yeux, Jésus, un régal pour les yeux.

Nadia

Homme d'affaires

— Le changement est pour bientôt, me dit l'homme d'affaires pendant que je grille une cigarette devant le tribunal.

Je lui tourne le dos et finis mon mégot.

Ma tante Diana sort par la grande porte en verre, le vent fait valser sa robe, laissant entrevoir son jupon rose. Elle me fait signe d'entrer. Diana pleure et s'assied dans un des longs corridors. Sans mot dire, je me dirige vers elle et la soulève du sol.

— Viens, ma tantine, je te ramène à la maison.

Elle marche comme quelqu'un qui se serait cassé la jambe et se sert de moi comme d'une béquille. Derrière nous, ma mère nous rejoint, portant deux sacs à main et un énorme dossier plein de papiers.

Dehors, dans le vent, nous passons devant l'homme d'affaires qui discute avec une bigote. Celle-ci se trouvait à l'instant au tribunal avec nous, mais dans le camp opposé. Elle commence son topo :

— La parole de Dieu…

L'homme d'affaires se renfrogne comme un gangster italien dans un film de mafia et lui coupe la parole :

— Ma sœur, Dieu voit ce qu'aucun homme ne peut voir, le plus important, ce n'est pas un Dieu de paroles. Il est plus porté sur la providence, voyez-vous, voilà ce que tient à dire un rasta.

Je lui souris à demi, car il me rappelle mon cousin Taakie, qui lui aussi est devenu rasta. Taakie est le plus âgé des cousins, le plus mou. Il était en passe de devenir joueur de rugby, mais Tasha a disparu le jour où il devait marquer plein d'essais. Tasha dormait sur le lit de Taakie pendant qu'il se préparait. L'histoire veut que Taakie ait sorti sa batterie, se soit installé dans l'arrière-cour et ait bavardé avec le voisin. En rentrant dans la maison, il s'est aperçu que la porte d'entrée était ouverte. Il est ressorti, il a constaté que le portillon était ouvert. Le temps de revenir dans sa chambre, Tasha avait disparu. On l'a retrouvée plus tard dans l'après-midi dans la salle à manger. Elle avait grimpé sur la table qui se trouve juste derrière la porte, avait noué sa cravate d'écolière autour de la poutre noueuse qui traverse la pièce et s'était pendue. Ou bien quelqu'un était venu dire un truc à Tasha, on ne sait pas, mais depuis ce temps, c'est devenu courant dans la famille, des enfants qui se pendent.

Ça nous a tous foutu un coup, surtout à Taakie. Depuis toute petite, Tasha avait peur du noir, tous les soirs elle se pelotonnait, pouce en bouche, contre le dos de son frère Taakie. Le matin quand la maison était tranquille, Taakie autorisait Tasha à dessiner sur les murs. Tous les jours le même dessin – deux bonshommes, l'un avec une casquette de baseball, l'autre avec une fleur sur la poitrine. À mesure que grandissait cette gentille fillette aux fossettes profondes, elle se faisait plus silencieuse. Après la mort de Tasha, Taakie a cessé de jouer au rugby et s'est mis à fumer de la *dagga*. À présent, près de dix ans plus tard, Taakie est devenu rasta portant sacoche et dédaignant tout ce qui pourrait ressembler à Babylone, l'empire du mal.

Au tribunal, ma tante venait réclamer au père d'un de ses enfants sa pension alimentaire, comme tous les ans. « Diana et ses dossiers », se moquent les garçons bourrés quand nous arrivons sur Main Road. Tante Diana est toujours bourrée et vacillante sur ses pattes quand nous arrivons au tribunal. Tout le monde sait que le père de l'enfant ne se pointera pas, que Diana éclatera en sanglots et qu'elle pleurera tout au long du retour jusqu'à ce que l'on croise l'un ou l'autre de ces jeunes beurrés. Diana et lui s'isoleront avec quelques bouteilles.

Ma mère me dit toujours:

— Heureusement que sa chatte est hors d'usage, pour de bon, aucun gosse ne pourra plus en sortir.

— Taakie, c'est Nadia, ouvre, je crie à la fenêtre de la maisonnette.

— Ouais, Nadia, ma choupette, entre donc.

Taakie est en train de se laver près de l'évier.

— Tu te laves, quel genre de rasta es-tu? je lui lance en me jetant sur son lit.

— T'y connais quoi, aux rastafaris? répond-il en enfilant un t-shirt propre.

— Hum, ma mère demande si tu viens à l'enterrement samedi.

— Nan, je bosse le samedi, énonce-t-il, prosaïque.

— Un instant, Taakie. Rustig était présent à l'enterrement de Diana, vous ne pouvez pas rester fâchés éternellement.

— Je ne suis brouillé avec personne, c'est Rustig qui me prend pour un con.

Je n'arrive pas à me tenir au courant des disputes au sein de la famille. La plupart du temps, je suis largement déconnectée. Parfois même j'apprends que je suis impliquée dans une fâcherie. Toujours pour une histoire absurde. Style, je serais en rogne parce qu'un cousin aurait dit que j'étais grosse ou maigre, belle ou moche, toujours des trucs sur ma façon de faire. Quand on était petits, on s'était promis qu'on n'agirait jamais comme les adultes. Nous formions un gang, la seule manière de quitter un gang, c'est de mourir. Mais vers nos quinze ans, la bande s'est délitée, Taakie et Rustig sont devenus les pires ennemis. Je m'entendais encore avec tout le monde, car personne ne se bagarrait avec moi. Mes mauvaises rages étaient légendaires, je pense donc que mes cousins me craignaient un peu. Mais surtout, parce que mon père râle et me cogne, je pense qu'ils étaient désolés pour moi.

La bisbille entre Taakie et Rustig tourne autour d'une histoire d'argent. L'un en doit à l'autre. Je pense qu'il s'agit de Taakie, car il a tendance à jouer de malchance quand il manque d'argent. Quand il doit rembourser, il devient mal luné. Nous autres, nous l'ignorons, mais pour Rustig, ça dépasse les bornes. Seuls les bas-de-plafond se fâchent pour de l'argent, et tous deux se croient des gens dignes et spéciaux. Peut-être le sont-ils, je m'en fous.

Ils sont brouillés comme leurs mères l'étaient. Maria contre Diana, en édition de luxe. À présent, leurs mères décédées, ils sont plus proches que jamais l'un de l'autre. Mais fâchés, ils le resteront, nous autres on a laissé tomber. De temps à autre, quand on se retrouve entre nous, bien murgés, ils se rabibochent, ensuite ils reprennent leur querelle débile.

Xavie

Santekraam

Millie et sa belle-mère, la tante Maria, s'engueulent au point que toute la maison gémit. Millie est une pochetronne. Ma mère affirme que Millie s'est retournée quand elle a aperçu ses fantômes la suivre, elle les a arrêtés et leur a lancé : « Je bois toute seule, allez ailleurs. » Un peu plus tard tout est redevenu calme. C'est la dernière fois qu'un fantôme sauvage a embêté les ivrognes dans la nuit.

Maria se trouve dans sa cuisine et fait la vaisselle. Millie pose des tuyaux dans la chambre à coucher du fond. Maria se sèche les mains et regarde le monde extérieur par l'ouverture de la porte. Elle attrape ses pantoufles et ferme doucement le vantail du bas. Dehors, elle marche sur le trottoir, s'arrête quand elle voit Diana assise sur un petit espace vert. Diana est arrivée la semaine dernière à Santekraam avec son gros ventre. Les gens disent qu'elle a couché avec un Noir du cantonnement à Groenplaas, qu'elle est enceinte et qu'on l'a envoyée ici auprès de sa famille. Celle-ci a peur que les Noirs viennent enlever l'enfant. Elle fera tout pour protéger les enfants, sauf s'en occuper bien sûr.

Peu avant d'accoucher, Diana a été leurrée à Groenplaas par ma grand-mère, sans capter que bonne-maman manigançait le vol des bébés afin de les donner. C'est quand les jumelles sont nées que les emmerdements ont commencé, car tous ceux qui sont venus les voir sont ressortis déçus.

Ces bébés étaient trop jaunes pour être des bébés noirs. On leur a inspecté les jointures.

— Ces jointures sont trop pâles, elles ne deviendront jamais noires, a soupiré une dame.

La mère de Diana a du sang juif, ces gens-là sont jaunes, le sang xhosa n'a pas pris le dessus, que dalle. Après avoir récupéré ses jumelles, Diana est retournée à Santekraam.

Les souffrances de tante Diana flottaient autour d'elle comme les effluves d'un ivrogne dans le corridor. Au lieu de gagner en maturité, elle est retombée en enfance. Portant un chignon plat, elle s'est promenée dans tout le village en jupe longue, mais sans culotte. Personne ne s'est approché d'elle – les hommes de Santekraam n'en pincent que pour la mer et le poisson. C'est seulement quand elle a commencé à boire avec Millie que Diana a commencé à s'épanouir dans le village.

Les jumelles avaient un an à peine quand elle est retombée enceinte. Cette fois avec un jeune Blanc qui travaillait sur un bateau et qui se cherchait une petite chatte dans le seul *shebeen* de Santekraam. Diana a été raconter au garçon qu'elle attendait un enfant, ajoutant tout de go qu'elle ne voulait pas de lui, qu'elle allait le faire passer. Le gars s'est fâché tellement fort qu'il a cassé la gueule de Diana et puis il est retourné d'où il venait dans sa camionnette. Diana est restée K.-O. pendant presque trois jours. Une fois réveillée, elle a décidé de ne pas faire passer le bébé. Quand tante Tina a entendu que Diana était à nouveau enceinte, elle est venue la chercher avec ses enfants et les a ramenées à Groenplaas.

Finalement, c'est tante Deetna[1] qui a recueilli les jumelles, Diana est partie avec tante Tina pour aller travailler dans

---

1 Indienne, Deetna n'a pas de lien de parenté avec Xavie. En afrikaans, « tannie » (tante) ou « oom » (oncle) sont des marques de respect face à des personnes plus âgées que soi.

une pêcherie du Cap. Quelques mois plus tard Taakie est né, et puis tante Diana s'est mise en ménage avec son nouveau boyfriend – un petit gars qui venait de l'Eastern Cape, à savoir le père de Zodwa. Mais ce dernier s'est fait coffrer, Diana a recommencé ses errances. Jusqu'à ce qu'elle atterrisse à Mitchell's Plain chez un homme marié qui voulait la forcer à se convertir à l'islam. C'est à ce moment qu'elle a accouché de Dali.

Sans façon, au milieu de la nuit elle a pris ses enfants et quitté son dernier homme. Fidèlement, le lendemain, à la gare de Wynberg, tante Tina a attendu sa sœur et son troupeau d'enfants pour les emmener chez elle.

À l'époque Nadia se trouvait au domaine agricole. Elle a constaté qu'on éduquait ses cousins germains comme des étrangers. Ils ne connaissaient pas bien leur mère. Tante Deetna était devenue leur grand-mère de fait, nous sommes tous entrés dans le jeu. Nadia était présente le soir où ils ont emménagé chez tante Deetna. Deetna Pillay : une femme qui avait déjà élevé ses enfants, une femme digne qui accueillait des bébés, brassait sa bière, égorgeait les moutons en laissant couler le sang jusqu'à son carré de citrouilles. Elle n'avait aucun goût pour les couches et les poussées de dents. Elle avait passé l'âge d'être mère, et pourtant les jumelles sont devenues ses enfants. Elle les a gentiment élevées, avec des sourires et des bisous. Jusqu'au jour où Diana est revenue à Groenplaas, comme une punaise de lit intempestive. Elle est venue foutre la merde dans le domaine agricole, elle a pris le premier mec cool, l'a épousé, et a déniché une maison à côté de celle de Deetna.

Tante Tina est venue chercher les enfants de Diana, un par un, pour les conduire au Cap. Le père de Taakie, le jeune Blanc, s'était marié entretemps et avait fait un autre enfant. Sa nouvelle femme a accueilli Taakie et l'a élevé avec sa demi-sœur Tasha quelque part en banlieue nord. Dali et

Zodwa ont été placés dans une autre famille, suffisamment près pour qu'ils puissent jouer avec moi, et avec Nadia quand celle-ci est finalement retournée au Cap. On voyait Taakie toutes les vacances.

Diana a semé la pagaille dans le domaine, les jumelles qui vivaient à côté sont revenues chez leur mère. Quant à leur mère de cœur, tante Deetna, elle est allée vivre chez un de ses enfants au Cap. Le jour de son départ, elle a mis le feu à son jardin et a versé du poison sur les roses de ma grand-mère. Aucun d'entre nous n'a plus jamais entendu parler d'elle et les roses de bonne-maman n'ont jamais repoussé.

Xavie

Rustig

Le énième mari de tante Maria est mort, elle est donc repartie au Cap avec sa belle-fille, Millie. Rustig, son fils biologique, est resté deux ans chez des étrangers à Santekraam, avant qu'ils finissent par comprendre que cette mère-là ne ferait pas le moindre putain d'effort pour reprendre son gamin.

Tante Tina a continué d'agir comme elle avait toujours fait, en trouvant des solutions aux affaires des autres. Elle a emmené Rustig à Louw se Bos où vivait tante Maria. Pour la première fois, elle a décampé sans se soucier de ce qui pourrait arriver. Maria travaillait dans une fabrique et Millie chez Shoprite. Ça tournait rond, mais Tina a vite trouvé d'autres sujets d'inquiétude.

Nadia a commencé à se bagarrer, et toutes les mères alentours ont frappé à la porte de Tina pour se plaindre de ce garçon manqué qui tapait sur le nez des grands au point de les faire saigner. Cette capacité à aimer les livres autant que la castagne a longtemps collé à la peau de Nadia. Elle traversait sa période dégingandée, maladroite, noyée dans des vêtements masculins trop amples, les oreilles pleines de piercings et un pentacle autour du cou. La famille n'arrivait pas à la placer, tout le monde la surnommait petite Diana. Mais elle n'était pas coureuse comme Diana.

Nadia

Je déclare la guerre

Taakie dessine un grand cercle dans le sable et le divise en cinq. Chaque partie représente un pays. La personne qui commence crie « Je déclare la guerre à… ». Tout le monde attend le nom du pays. Si c'est ton pays, il te faut sauter hors du cercle, tandis que le crieur lance « Stop ». Celui qui est hors du cercle doit s'arrêter, et celui qui est à l'intérieur doit se diriger vers la personne dont le pays est attaqué. S'il peut lui toucher le pied, il a le droit de prendre cette portion pour lui. Ça se poursuit jusqu'à ce que quelqu'un s'empare de tout ton territoire et alors tu gicles hors du jeu.

Je suis toujours la Russie, car j'aime les écrivains russes. Si j'ai des enfants un jour, je leur donnerai à tous un prénom russe. Mon cousin Xavie, c'est l'Allemagne, simplement parce qu'il est dingue de Formule 1, un fan de Schumacher. Taakie c'est l'Amérique, parce que son père fait de la contrebande d'ormeaux à Heimdal. Dali est toujours un pays d'Afrique (mais jamais l'Afrique du Sud) car il kiffe ces conneries d'indigénisme. Rustig, qui ressemble à un skinhead et qui a les dents en avant, est toujours l'Angleterre.

Juste avant le début du jeu, nous entendons l'oncle Cannettes crier dans la maison :

— Je vais brûler toute la baraque, faut pas me prendre pour un con.

Nous nous approchons, embarrassés. Ma mère, tante Diana, tante Daphnée, tante Maria et ma grand-mère traînent Cannettes sur le *stoep*. Ma grand-mère lui jette un gros Tupperware d'eau sur la tête. Diana lui retire sa chemise. Ma mère et Maria lui tirent les mains sur les genoux, ma grand-mère tient un fouet noir et va puiser ses coups jusque dans le ciel pour les abattre sur le dos de Cannettes. Daphnée revient avec un baquet d'eau. Quand elle le lui balance sur les côtes, Cannettes tombe à plat ventre. Les autres le laissent sur le *stoep* et rentrent dans la maison. Silencieux, nous fixons l'oncle Cannettes.

— Un instant, les gars, un instant. Je ne trouve pas mes mots. Elles traitent l'oncle comme l'esclave Kunta Kinte, lâche Dali.

Xavie se renfrogne, s'avance près de l'oncle, toujours gémissant par terre. Il le contemple, nous le regardons tous sans bouger. Xavie se retourne et vient vers nous.

— Continuons à jouer, les gars.

Nadia

Polyphonie

Mon père me flanque son poing, si fort que je tombe trois fois avant de me remettre sur pied. C'est vraiment drôle, je songe, car je suis ivre. Tandis qu'on me tabasse, des écrivains russes résonnent dans ma tête tel un chœur.

La génération actuelle voit ce triste spectacle, elle s'étonne de tant d'aveuglement, elle raille cette inintelligence de ses pères, sans voir que c'est là justement une chronique tracée en feux du ciel et dont chaque lettre lui crie que de partout un doigt vengeur est étendu sur elle, sur elle, la génération présente. Mais elle continue de railler et de se complaire en elle-même et en sa fausse sagesse qui la jette dans ces égarements non moins dangereux, non moins insensés qui seront à leur tour raillés et persiflés par la génération suivante.

Il me faut l'admettre, ça me fait un mal de chien. Je marche dans le corridor comme un héros blessé dans les westerns de l'âge d'or d'Hollywood, jusqu'à ma chambre, je m'étends sur le côté et j'efface sur mon oreiller le sang de mon visage.

Après l'école, j'étais allée au café avec une copine. En chemin on a croisé une autre copine qui venait de piquer une bouteille de Three Ships à son père. On s'est rendues d'abord au bistrot, puis après chez elle, pour boire le whisky. Je me sentais bien sur le chemin du retour, mais quand j'ai vu mon père sur le pas de la porte, là, putain, je suis devenue ivre, incapable de rester debout. La dernière chose dont je me souvienne, c'est d'avoir déposé mon sac à dos plein de livres sous le porche, près du berger allemand en céramique, puis d'avoir vomi sur toute la longueur du couloir. C'est alors que mon père m'a cognée.

Tard dans la nuit je me suis réveillée en sursaut et j'ai été me regarder dans la glace : de la gelée de coing pleine de grumeaux.

Je ne crois pas trop en Dieu, l'idée que soit venu sur terre un gentil Blanc est un peu farfelue. En revanche je crois au diable et à tous ses démons. Une force neutre contre la force destructrice du mal. C'est tout ce qui a du sens à mes yeux, et quand je parle du mal, je pense au mal pernicieux : le genre de mal issu de la bonté même. La plupart des gens mauvais d'aujourd'hui sont des âmes cabossées, traumatisées, quelque chose s'est déglingué dans leur vie. Mais le mal dont je parle, c'est celui qui naît du plus pur amour. C'est le mal que je porte en moi, à chaque fois que je morfle, je vois cette beauté s'échapper de moi, comme d'une vache sacrifiée sur le mode halal.

Je n'existe presque plus, et je le sais ; Dieu sait ce qui habite en moi à ma place.

Quand je dors le soir, je m'enfonce dans l'obscurité comme un astronaute. Je quitte la personne que tout le monde croit que je suis et je me transforme dans le mal que je veux être. Je suis toujours un homme, un mec cool. Un peu Nicolaïevitch Michkine, car j'habite mon esprit, bon par essence. Mais il y a aussi cette autre personne qui me ronge. Qui existe au plus profond de mes pensées les plus lointaines, l'anxieuse frayeur elle-même. La femme, celle qui se plie en quatre pour tout le monde, mais jamais assez. La femme est laide, elle est comme Celie dans *La couleur pourpre*, mais elle meurt jeune. Je sais qu'il me reste très peu de temps pour mourir jeune. Rien n'est pire que de mourir entre trente et cinquante ans. C'est cette étape dans la vie où les trucs ennuyeux du quotidien te facilitent la vie, quand par exemple tu vas acheter du bonheur, mais seulement s'il est en solde. Comme un grille-pain ou un paquet de six paires de chaussettes.

Nadia

Quand Harry rencontre Sally

Les femmes de ma famille parlent sexualité devant leurs enfants, pas devant leurs maris. En atteignant l'orgasme, un de mes oncles pleure, tandis que ça donne plein d'énergie à un autre qui s'en va bricoler sa voiture le restant de la nuit. Un troisième ne se soucie pas des règles de ma tante. Un autre prend tellement de temps à venir que ma tante se met à feindre un orgasme. Quand elles parlent cul, c'est toujours à la blague, aux dépens des hommes, toujours.

Toutes, sauf tante Diana. Diana parle sexe comme Sally dans *Quand Harry rencontre Sally*. « Les histoires de fesses, ce n'est pas pour les enfants, tranche-t-elle comme si elle débattait avec quelqu'un. Si tu veux voir toute la puissance qu'une femme détient entre les jambes, finis de grandir et surveille la figure et les convulsions de l'homme perché sur toi. »

C'est drôle et triste à la fois, car je sais bien que toutes ces épouses se dissimulent derrière leurs blagues. Elles parlent d'hommes qu'elles vénèrent en secret et dont elles ont besoin. Le sexe, c'est le plaisir des hommes et la récrimination des femmes. Mon intelligence d'ado ne m'enlève pas de l'esprit que les femmes de ma famille mentent sur tous les sujets. Il n'y a que leurs maris qui soient réglos.

Deux fois déjà on m'a coincée et pelotée. La première fois, c'était le type du magasin, devant tout le monde. Je portais un short. Il m'a agrippé le bras, m'a poussée contre le frigo à Coca et s'est mis à tirer sur mes seins de quinze ans comme s'il trayait une vache. Il y avait au moins trois hommes dans la supérette. Je suis retournée à la maison sans payer le pack de lait. Les seins enflammés et les larmes me brûlant les yeux.

Le soir à la maison, la télé passait *Les Accusés* avec Jodie Foster. Elle portait une jupe en jeans et trois hommes la violaient. Ce n'était qu'un film. Le lendemain, j'ai déposé l'argent du lait sur le comptoir, sans lever le nez : la caissière, c'était l'épouse de mon satyre.

— J'ai oublié de payer hier, j'ai dit en évitant de la regarder.

— Que veux-tu dire… ?

Ton sceptique.

— Ishmael ! Est-ce que cette petite a oublié de payer le lait hier ? crie-t-elle à l'homme qui apparaît derrière la grille.

Il sursaute un peu en me voyant, ôte ses lunettes pour les nettoyer.

— Oh ! Oui, je n'avais pas la monnaie, ment-il.

— Ok, désolée, ma mignonne, merci pour ton honnêteté.

Elle me décroche un brillant sourire rubis et or.

Je rentre lentement à la maison, car il fait chaud. « Un jour, je sortirai de ce coin, j'oublierai tout le monde, je brûlerai toutes les fringues que j'ai portées par ici. Putain de Cape Flats ! Moi, je viens de la ferme », je me dis en me dirigeant vers la maison de mon père.

Nadia

L'instance dirigeante

Diana est plantée devant le portail du domaine des pommiers, ses vêtements dans une valise de cuir brun aux fermetures rouillées. Comme une enfant qui part à l'école avec un cartable plein de choses à apprendre. Les lanières de cuir sont moisies, son grand chandail tricoté rebondit étrangement sur son gros ventre. Elle attend le vieux Muller qui, en chemin pour le cap Agulhas, va la déposer à Santekraam. Diana doit déguerpir avec ses enfants de pute, ce sont les derniers mots qu'elle a entendus de la bouche de l'ancien, venu parler à son père, au nom de l'instance dirigeante de l'exploitation.

Cette instance dirigeante est bidon, chargée de faire croire aux occupants, essentiellement des ouvriers agricoles, qu'ils ont leur mot à dire dans la manière de contrôler la vie de leurs femmes. Mais chacun sait que leur parole compte pour du beurre. L'instance dirigeante est si sérieuse et si vertueuse qu'elle peut pénétrer dans la maison d'un homme qui bat sa femme et lui casser la gueule. Elle peut supprimer le vin aux soûlards et châtier les enfants qui ne veulent rien entendre. Une tactique d'esclavagiste, les ouvriers agricoles ne le savent pas, car que peut savoir de l'esclavage un esclave né en esclavage ?

Edward est encore à l'hôpital après qu'un des garçons du domaine l'a fouetté avec un *sjambok*. Le père d'Edward est un Métis de Kimberley, sa mère une Noire de l'Eastern

Cape. Edward est moins noir que l'ancien n'est boer, mais ce dernier jouit de son pouvoir.

Ma mère me raconte que l'ancien lui a toujours répété, pour une raison ou une autre : « Un enfant est ce qu'est sa mère. Sa mère est noire, il est noir ; elle est xhosa, il est xhosa. »

Chaque fois que ma mère est intervenue, les anciens l'ont réduite au silence. Jusqu'au jour où elle en a eu plein le cul et s'est mise à hurler :

— Diana est noir de jais, comme trois nuits sous un vieux rocher. Vous racontez des conneries sur la négritude, l'ancien. Edward est jaune comme mes dents. Pourquoi ces enfants devraient-elles grandir sans leur père, laissez-les en paix. Allez plutôt veiller sur votre propre fils qui rentre tous les vendredis au cantonnement comme un criquet sur de l'herbe mouillée.

Mais l'ancien, prétendu généticien, avait parlé, et Diana et ses enfants illégitimes devaient déguerpir.

Nadia

Salvador

Car nous n'avons pas à lutter contre la chair et le sang, mais contre les dominations, contre les autorités, contre les princes de ce monde de ténèbres, contre les esprits méchants dans les lieux célestes.

Lettre aux Éphésiens 6:12

Quand mon cousin Salvador était petit, il parlait bigrement peu. Ma famille considère les silencieux comme des rusés. Ceux qui parlent fort sont des esprits ouverts qu'on adore. Dali, c'est le préféré de tante Diana, son shamallow en chocolat. Avec ses cheveux chocolat crépus comme les vrilles d'une vigne. De grands yeux bruns et de longs cils à la Bettie Page.

Mais Salvador n'est pas silencieux, il est carrément futé. Quand on sait que la moitié des adultes de la famille ont quitté l'école après le primaire, s'avérer malin c'est une maladie honteuse. Les enfants dotés d'une bavarde précocité sont estampillés intelligents. Ceux qui parlent selon leur âge ne sont que des voyous. Imaginez le tableau : une génération d'enfants, non seulement plus futés que leurs parents, mais sachant gérer leurs émotions communes. Nous ressentons bien le monde autour de nous. Salvador mieux que quiconque.

Il m'a appris à gérer la folie de notre foyer. La violence de mon père était imprévisible. Un soir Dali m'a fait asseoir et m'a dit :

— Nadia, tu es le pire cauchemar de ton père, tout ce qu'il n'est pas. Tu ressembles à bonne-maman, tu parles comme elle et tu es têtue comme bon-papa. Ton père ne ressemble à personne que tu connais, nous ne connaissons pas sa fratrie. Ton père parle comme un enfant qui joue au pasteur, il est faible. Il te frappe parce que tu lui rappelles tout ce qu'il n'est pas.

Je regarde Dali dans les yeux et pense : *toi-même, tu es battu, ta mère t'aime moins que la bouteille,* mais ça c'est mon côté toxique qui ressort, car je ne tiens pas à recevoir de leçons.

Xavie

Casse l'arbuste tant qu'il est jeune

— Casse l'arbuste tant qu'il est jeune, lâche l'oncle Cannettes.

— Ploie, Cannettes. Pourquoi cette idée de casser te plaît-elle tant? grogne tante Tina.

— Je voulais dire ploie, excuse-moi, merde, on m'a tellement cassé la figure que je me goure dans les mots, rigole Cannettes en exhibant des gencives luisantes. Je ne peux pas frapper mes gosses, c'est trop cruel. Quand je contemple ces petits corps menus, ma colère disparaît comme l'ombre d'un chat. En revanche, mes sœurs, Seigneur, rossent leurs enfants comme si la fin du monde s'agrippait à chaque gifle.

— Cannettes, tu te mets à déconner, si tu n'as jamais battu tes enfants c'est parce que tu cognes ta femme, au point qu'elle ressemble à présent à un drap froissé. Si tes enfants font une bêtise, tu la démolis. Si le Boer t'engueule, ta femme dérouille. Ne te fais pas meilleur que tu n'es, tabasser sa femme, c'est mille fois pire qu'une fessée à un gosse.

Tina pétrit le pain pendant qu'elle détricote l'oncle Cannettes comme un vieux chandail. Je remarque que le visage de Cannettes passe du chaud au froid.

C'est comme ça qu'elle procède, Tina, elle exécute quelqu'un sans qu'un muscle de son visage bouge. C'est la mère de Nadia; Nadia est pareille. C'est seulement sur les hommes qu'elles se lâchent. En classe, Nadia peut laisser toutes les filles se moquer d'elle. Mais dès qu'un mecton se risque à la critiquer, sa langue fuse comme une lame et vient fendre le gars en deux. Nadia sait clouer le bec comme la grand-mère, d'autres prétendent qu'elle tient ses reparties de ma mère, d'autres encore affirment que c'est son père qui la rend agressive. Moi, je sais que cela vient de mon grand-père.

Bon-papa est l'homme le plus en colère de la terre, mais il ne se fâche jamais. Il jouait au rugby quand il était jeune, et tous ses adversaires ont eu le pif en sang. Nadia ne souffre pas qu'on mette en cause le grand-père, lui, c'est un homme, un vrai. Quelqu'un qui la vénère et qui ne connaît pas la peur. Nadia porte notre grand-père dans sa paume comme s'il était fait en coquilles d'œufs. Il l'appelle tornade ou petit doigt du diable. Il dit que si nous possédions un bout du diable, Nadia aurait hérité de son auriculaire, c'est pourquoi elle dompte tous les dégénérés avec son petit doigt. Mais ça, je ne le crois pas, je pense que Nadia est tout simplement en colère, la personne la plus fâchée de toute la terre. Quand bon-papa mourra, elle héritera de sa colère. Comment virer autrement : ses grands-parents lui ont appris à se bagarrer et son père la cherche tout le temps ?

Nadia

Wendy Darling

La reconnaissance des cabanes en bois comme expérience partagée pendant l'enfance vient très probablement de la pièce de J. M. Barrie Peter Pan *et appartient à Wendy Darling. Wendy s'était blessée peu après son arrivée au Pays imaginaire. Peter Pan et les enfants perdus construisirent une petite maison autour d'elle à l'endroit où elle était tombée. Ce qui nous a donné le mot de « Wendy house ». J. M. Barrie fabriqua lui-même la première Wendy house pour la première représentation de sa pièce en 1904.*
Ces petits espaces se voulaient éphémères et isolés.

The Playhouse Company

— Je ne picole pas avec une cochonne, dit Rustig à Chloe, sortant de la chambre tout en bouclant sa ceinture.

Le cabanon est divisé en trois parties : un lit-salon, un coin toilette-WC-débarras et la cuisine – une cloison de séparation et une plaque chauffante.

Chloe, c'est comme la mère maternante et mineure de mon cousin Rustig. Il a un an de moins que moi. J'ai vingt-deux ans, Chloe en a dix-sept. Ma grand-mère dit que Rustig est ralenti dans sa tête, c'est pourquoi on ne peut pas dire qu'il a élevé Chloe pour son profit. L'ex de Rustig, c'était la mère de Chloe. Elle a plaqué Rustig pour aller vivre à Joburg avec un Congolais de dix-huit ans. Ils ont fondé tous deux une église pentecôtiste, à présent la mère de Chloe est l'épouse du prêcheur. On dit qu'elle se porte bien, le problème c'est qu'elle a laissé tomber Chloe. Ma grand-mère dit que ça vaut mieux que Rustig se soucie d'elle, sinon Chloe se serait retrouvée elle aussi avec un pasteur étranger.

Nadia

Xbox 360

Je poireaute devant le portillon, attendant Rustig pour nous rendre chez la dame qui fabrique les fleurs d'enterrement. Il faut qu'il m'accompagne, car la dame travaille dans un quartier glauque, et techniquement, la tante Maria, c'était la mère de Rustig. Le devoir d'un fils consiste à choisir les fleurs.

Maria a été sauvagement assassinée par son petit ami. Sa mort a fait la une de quatre journaux. « Le coquin de la grand-mère était un tueur ! » a titré l'un d'eux.

Le décès de sa mère n'a pas particulièrement perturbé Rustig, car c'est un petit-garçon à sa grand-mère. Maria l'avait laissé chez sa belle-mère pour suivre un homme à Santekraam. Quand on a chassé ma tante Diana du domaine agricole, elle est allée loger chez Maria. Celle-ci élevait la fille de son copain, Millie. Elle n'a rien à voir avec nous, Millie, mais Maria et ma grand-mère ont sacrément insisté pour qu'on considère Millie comme faisant partie de la famille. Mais nous, gravement mesquins, on n'a manqué aucune occasion de lui rappeler qu'elle n'avait aucun lien de sang avec nous.

— Millie peut faire son cirque, Nadia, cette putain de Maria n'est pas ma mère, ronchonne Rustig en fermant le portillon derrière nous.

J'allume une clope :

— Millie est à l'hosto tellement elle a eu peur de tout le fric qu'elle va toucher des assurances.

Rustig sourit et pose son bras maigre autour de mon cou, comme une douce clé de tête.

— Faut qu'on dévalise cette voleuse, je t'achèterai un ordinateur portable.

— Mon frère, je cherche une Xbox, pas n'importe quel portable, je réplique pendant que nous descendons la rue dans la lumière rose-orange du début de soirée. Question de réparation, Rustig.

— Ça veut dire quoi ? demande-t-il, léthargique.

— C'est quand on vous paie pour vos souffrances.

— D'accord. Pour toi, je volerai plutôt un portable.

Nadia

Amiante

Son séjour à la campagne a fait du bien à Xavie. Pour ma part, je ne peux pas en dire autant. D'abord, je n'ai aucun élément de comparaison. Xavie, lui, peut comparer, car il a toujours eu sa mère avec lui. Son passage au Cap ne l'a pas impressionné, moi non plus, je n'ai pas aimé les gosses du Cap.

La première année de mon retour, nous logions dans une maisonnette de la municipalité. Seuls les employés communaux obtenaient une maison. La nôtre était jolie, ma mère m'avait préparé une chambre avec des meubles rien que pour moi, un lit en pin, une bibliothèque et une commode. Elle avait découvert que j'aimais les histoires de *Heidi*, et m'avait acheté des housses Heidi et des jouets. En plus, j'ai reçu une petite sœur.

Pour ajouter à toutes ces belles choses, il y avait mon père.

Pendant le séjour de Xavie au Cap, sa mère travaillait, son père n'arrêtait pas de boire et de se bagarrer. Au décès du frère de son père, la famille de Xavie a dû déménager afin de reprendre son commerce de poissons. Le père de Xavie s'est remis à travailler, à partir pêcher, à plonger, et il a moins bu. Mais la mère de Xavie est devenue de plus en plus maigre, toujours sur les nerfs. Je continue de penser que c'était une bonne période pour lui. Car pour tous les garçons de la famille, c'est mieux de rester avec une mère qui tremble d'émotion, plutôt que de trembler devant les poings d'un homme à la rage recuite.

Plus tard, quand il est revenu au Cap avec sa mère, Xavie était grand et maigre, débarrassé de l'emprise de son père. Il se portait mieux que nous autres, dans tous les domaines. Il n'avait plus de père, et c'est quelque chose que nous admirions. Il bénéficiait d'une liberté que nous n'avions pas. Ce père qui pesait sur nous comme un toit en amiante. Rien n'était plus inéluctable que ce toit qui allait nous filer le cancer. Mais avant de nous faire mourir du cancer, ce toit ne manquerait pas de s'effondrer.

Nadia

Hors maladie divine

— Une femme qui meurt hors maladie divine n'a fait que préparer son cercueil... De terribles paroles, chers frères et sœurs, terribles, notre sœur Maria a vécu comme elle est morte... Comme disent les enfants, qui a vécu par le fusil périra par le fusil. Dans son cas, elle a vécu par le couteau, elle est morte par le couteau...

Les mots de ce connard de pasteur pèsent lourd dans la salle de classe fleurant les vieux livres et la craie. Je soupire et branle du chef. À côté de moi, Rustig me pose la main sur l'avant-bras. Je sais qu'il essaie de me calmer, mais j'en ai assez de cet enterrement. Je me retourne vers ma mère, elle est assise derrière nous, la tête affaissée, doucement en pleurs. Rustig a l'air fâché, mais calme. Le corps éventré de sa mère gît dans cette caisse clinquante. Il fixe le cercueil comme si rien d'autre n'existait.

Je me lève et j'attrape les longs doigts de Rustig, il se lève, nous sortons. Du coin de l'œil, j'aperçois Taakie et Xavie à l'autre bout de la pièce se lever aussi. Nous sortons. On va s'asseoir sur le parking, Xavie allume une cigarette. Nous entendons à l'intérieur les gens se mettre debout et chanter. Nous fumons en silence. Je sais que c'est à moi de rompre le silence, ils m'attendent. Je suis celle qui brûle de colère, celle qui se mesure au monde entier, qui raconte des conneries, mais en ce moment les paroles ne me viennent pas. Je déteste ceux qui sont assis à l'intérieur du bâtiment sans broncher alors qu'on traîne leur proche dans la boue.

— Ce pasteur travaille pour la municipalité, dit Taakie. Au service des merdes.

Je le regarde et j'éclate de rire.

— Attends, Taakie, lance Xavie. C'est pas un miracle si ce mec raconte tant de cochonneries. Il ne fait que son métier.

Xavie s'étouffe de rire dans sa fumée.

Dans le fond, je distingue ma grand-mère, debout avec sa main sur la hanche, comme un pot de chambre.

Nadia

Chasse aux sorcières

Voici venue l'heure fatidique de la nuit
Où les tombes bâillent, et où l'enfer lui-même
Souffle la contagion sur le monde.

William Shakespeare, *Hamlet*

— Il ne fait jamais aussi froid en cette période de l'année, souffle Deetna.

Je me trouve dans le couloir en train d'essayer d'enfiler mes top-boots. Deetna noue un torchon autour du ventre de ma mère. Quand une femme vient d'accoucher, il faut lui serrer les entrailles, sinon son ventre pendouillera pour toujours. Je crois plutôt qu'on corsète les femmes après leur accouchement, car ce sont leurs sentiments qui pendouillent. Les vieilles femmes savent que ce n'est pas le moment pour les sentiments.

Dans l'éclairage jaune de la cuisine, ma mère paraît verte, elle ressemble à l'affiche du film *Rosemary's Baby*. J'ai envie de lui dire : « Ne te laisse pas entortiller, car ce torchon autour du ventre, c'est un bâillon sur ta bouche. Je suis petite, et j'ai encore besoin de toi pour parler. » Mais la ceinture de Deetna tient bon et les yeux de ma mère s'enfoncent plus profondément dans son beau visage creusé. Je remonte lentement le corridor et je regarde battre les cils de ma mère pendant qu'elle rectifie ses vêtements.

Deetna, miss Lovell, l'infirmière Zinzi, la petite Zinzi, Ma Willemse, la tante Barbie, la tante Ousie, ma mère et moi attendons devant la maison dans la lumière du soir qui change comme un filtre chaud et froid.

Raide, je me colle à tante Ousie. Elle passe la main sur mes cheveux tressés à plat :

— Ma grande, tu pousses à toute allure.

Je souris et je respire profondément l'amour d'Ousie.

Deetna tient une machette.

— Vous êtes prêtes, les filles ? Avançons avant que la nuit ne fasse des petits.

Ousie me prend la main, nous marchons le long des pommiers et pénétrons dans la nuit noire.

Ma mère se joint au ballet des sorcières. Ma grand-mère lui avait dit : « Reste à l'écart de ces filles de pute, tu es une femme mariée. » Mais ma mère a cessé d'écouter ma grand-mère depuis le jour où elle a découvert que la vieille avait vendu deux de ses petits-enfants. Les jumelles de Diana. Miss Lovell qui s'occupe des nouveau-nés à la clinique est venue raconter qu'une femme était arrivée avec des jumelles pour une vaccination, mais elle bien vu que cette dame ne les avait pas mises au monde. Deetna, qui travaillait pour Pep Stores, a aidé cette même femme à choisir des vêtements pour nourrissons. Mais personne parmi les ouvriers agricoles n'en achète de la sorte : tout le monde commence par payer à l'avance et, quelques semaines avant l'accouchement, quelqu'un vient chercher la layette.

C'est ainsi que cette femme s'est fait remarquer. On est venu raconter ça à ma mère, puis tante Shula et tante Barbie, qui travaillent à la crèche, ont découvert qui était cette femme. L'infirmière Zinzi tient le registre de tous les bébés métis, elle a dit que personne n'avait donné naissance à des jumelles. Ma Willemse et tante Ousie se sont renseignées. Comme ce sont les plus vieilles du secteur, personne ne leur ment. C'est comme ça qu'elles ont compris que les jumelles étaient les bébés de Diana, données par ma grand-mère à une étrangère qui ne pouvait pas avoir d'enfants.

Ma mère a décidé qu'il fallait récupérer les enfants. Deetna a entendu dire que le mari de cette femme la tabassait, c'est pourquoi elle s'est munie d'une machette. Ma mère a dit :

— Un brutal ne frappe que sa propre femme, cet homme ne nous frappera pas, il sait que les McKinney sont des ruffians et qu'il risquerait d'être tabassé à mort.

Mais Deetna a répondu :

— Il y a toujours une première fois.

Il fait froid, il fait noir, le vent m'envoie ses aiguilles dans le visage. Ma mère a embarqué la grande torche de Cannettes qui répand une lumière tamisée autour de nous. Nous marchons toutes en silence, il n'y a que Deetna qui ressasse le plan.

— Je frapperai à la porte. Dès qu'elle s'ouvre, tu t'avances, Christina, et tu te présentes. Tu t'assures que tu as bien mis le pied en travers de la porte, afin qu'on ne nous la claque pas au nez. Shula et Barbie, vous agirez vite en vous glissant à côté de Christina. Ousie, Miss Lovell, Ma Willemse, l'infirmière Zinzi, vous vous rangerez deux pas derrière. La petite Zinzi, et toi ma fillette, vous vous placerez sur le *stoep* arrière. Au cas où on ouvrirait la porte, si jamais quelqu'un voulait exfiltrer les bébés, tu siffles, Zinzi.

Deetna glisse la machette dans son tablier, elle semble aussi imperturbable que Poolan Devi, la reine des bandits en Inde.

Je me sens grande, comme quelqu'un qui a le droit de porter des vêtements propres tous les jours. « Vous êtes tout pour moi, je murmure intérieurement, vous êtes toute ma vie. » Deetna compte aussi sur nous, Zinzi et moi. Je regarde Zinzi marcher et sourire dans l'obscurité. Zinzi est la plus jeune des adultes, je suis la plus jeune de toutes. Sa mère, l'infirmière Zinzi, lui apprend à devenir guérisseuse. Elle sait déjà mélanger les plantes médicinales et badigeonne les nouveau-nés de lavande rouge. Ma grand-mère dit qu'elle a la chance d'avoir des mains soignantes. Mais ce soir, nous sommes toutes des femmes, respectées par nos aïeules. Nous n'avons pas peur, et rien ne pourra nous enlever ce sentiment de puissance.

Zinzi et moi nous nous plantons à la porte de derrière, nous brûlons de savoir ce qui se passe à l'intérieur. J'entends vitupérer une voix d'homme, mais ne distingue pas ce qu'il dit. J'entends ensuite un bébé pleurer. Zinzi me prend par le bras, nous courons jusqu'à la porte d'entrée. Ma mère et Deetna tiennent chacune un bébé dans les bras, tante Shula tient la machette, pointée sur la poitrine de l'homme.

— Le Seigneur m'entende, vous feriez mieux de vous tenir à distance, sinon je vous envoie les Boers, hurle tante Barbie.

Elle prend Shula par le bras, elles tournent les talons. Les yeux de ma mère sont pleins de larmes qui ne tombent pas. Zinzi et moi sommes mal à l'aise, car c'est une situation que ni l'une ni l'autre n'avons connue.

Xavie

Session R&B et rap gangster

Tante Maria est ivre, elle l'est tout le temps. Ce soir nous fêtons les vingt et un ans de Rustig. On s'est tous mis sur notre trente et un. Nadia a fait gonfler ses cheveux style Halle Berry, Sammy s'est collé des lentilles de contact noisette. Taakie et Dali ont enfilé le costume chatoyant des ménestrels métis[1]. Rustig s'est moulé dans un costard raide et blanc, avec une chemise de soie rose, comme un chanteur R&B. Un sweat-shirt Camissa Keith. Ses vingt et une premières couleurs: rose, blanc et l'ombre d'une mère ivre-avec-un-soupçon-de-rouge-à-lèvres-sur-les-dents.

Tante Maria a amené son nouveau boyfriend. Lui aussi porte un costume tout blanc, plus une paire de tennis Jordans avec le drapeau anglais dessus. Nous savons bien que ce n'est pas un vrai gangster. En revanche sa famille en est. Ce type est une tête à claque qui adore les pitbulls et les Honda Civic. Le drapeau britannique sur ses grolles me déplaît parce que les lignes sont floues. Un mec atteint de tremblote les a dessinées, j'aimerais bien savoir qui est ce branleur peignant comme un pied.

Maria a rencontré son petit ami lors d'une session de jazz. Quand il est entré, Millie est sortie. Maria s'est fait tatouer le prénom de son copain sur l'épaule et poser un

---

1 Cape Minstrels: musiciens en costumes extravagants défilant le 2 janvier dans les rues du Cap.

anneau de langue. Toute l'affaire était bizarre, jusqu'à ce que le silence s'abatte sur notre famille comme le brouillard du petit matin sur le col Sir Lowry. Tout le monde a vu venir les emmerdements, mais personne n'a rien dit. Je pense que la famille de ma mère a eu peur, cette histoire de gangster lui était étrangère. Nous étions habitués à tout, sauf à ces conneries de malfaiteurs, c'était un truc venu du Cap.

La façon dont Maria s'est si vite laissé entortiller dans ce style de vie est curieuse. De toutes les sœurs, c'était sans aucun doute la plus prévisible. D'abord mariée en douceur au premier gentil bonhomme qui passait par là. Elle perdait bien la tête de temps à autre, mais de toutes les sœurs McKinney, c'était la dernière dont on aurait pu penser qu'elle se fourrerait dans d'aussi mauvais draps. Maria était du genre paumée tranquille, intimidée, sans que ce soit un problème. Maintenant, si on devait la comparer à Daphnée, Maria aurait à coup sûr l'air d'une sainte.

Nadia

Le diable penseur

— Quand le Blanc est arrivé par ici, il y avait déjà des gens, les écumeurs de plage…

L'oncle Erik parle tellement que la bave lui vient au coin des lèvres, il déblatère, complètement à l'ouest d'avoir trop fumé. Mais l'oncle Erik, à l'image de sa mère, a trop bu pour se rendre compte que personne ne l'écoute.

Moi j'écoute façon-façon pendant que j'essaie de tresser des nattes à ma cousine, style des épis de maïs comme ceux d'Alicia Keys dans « Fallin' », mais ma cousine ne ressemble pas à Alicia Keys. Ma tante insiste pour que ses enfants portent les cheveux longs, et moi, je suis le diable-tresses. Selon leur activité, ma grand-mère appelle les gens normaux « diables ». J'aime natter, je suis le diable-tresses, ma mère aime chanter, c'est le diable-chant, mon oncle descend six bières chaque soir, c'est le diable-bibine, mon grand-père soutient les All Blacks, c'est le diable-rugby. Ma petite cousine de quatorze ans sort avec un gars de vingt-cinq ans, ce type est le diable-gourdin. Notre famille est pleine de diables, sauf ma grand-mère qui est une enfant du Seigneur.

En fait, elle est la fille de Rozie de Sainte-Hélène et d'un Juif au grand nez.

Apparemment ma grand-mère détestait son père parce qu'il était juif. Mon arrière-grand-père était un prêteur légendaire. Dès avant ma naissance, ma famille avait adopté des stéréotypes raciaux. Je l'imagine comme Shylock dans *Le Marchand de Venise*, version Al Pacino. Genre cool, genre pathétique, mais avec un corps impressionnant comme dans l'essentiel de ses films. Le pivot central d'une mafia juive dans une cabane au fond des bois de l'Overberg. Avec une femme aux sourcils soudés. Pas comme Frida Kahlo, plutôt du genre Dr Seuss multiracial.

— C'est quoi le nom de ce voyou ? crachote l'oncle Erik.

J'arrête de natter.

— Oncle Erik, y a personne dans cette pièce, tu parles tout seul.

— Ce marlou slamique, c'est quoi son nom ?

— Ishmaël, l'oncle, son nom est Ishmaël, et faut pas l'appeler slamique, ça le rend furieux.

— Il se dit lui-même slamique, pourquoi je me soucierais de le fâcher, moi aussi je peux me mettre en colère, j'ai peur d'aucun mec.

Quand on en vient à la politique, ma famille se répète. Le Blanc est une vraie merde, le Métis est fait pour souffrir. La résistance à l'oppression se limite à renvoyer la pire image du Blanc. Chacun y va de sa pire opinion du Boer. « Qui, moi ? Un Boer me dire quelque chose ? Ouais, s'il songe à des conneries, qu'il sache qu'on n'est plus dans les temps anciens, je lui cloue le bec d'un coup », ce doit être la devise de notre famille. À part ça, nous jouons les opprimés. Mon oncle, qui se veut le grand sage en matière d'ancêtres, a giflé un type qui avait lancé : « Le *gam* ne s'en sortira jamais. » *Gam* c'est injurieux, *coloured* c'est injurieux, *métis* c'est acceptable, juste si l'on ajoute tout de suite après « comme nous appelaient jadis les Boers ».

Les Noirs, c'est un sujet sensible dans ma famille. La mère de mon grand-père était noire, une vraie noire. Noir éthiopien, noir africain, pur jus, ce qui signifie qu'on est tous un peu noirs. Mon grand-père est très aimé, c'est pourquoi on est sacrément protecteurs à son égard. Mais cette négritude ne plane pas comme un sequin d'or au-dessus de nos têtes, elle rampe plutôt comme du lierre, histoire de bien conserver nos secrets. La tradition, on la sort comme un joker quand quelqu'un a trois ou quatre familles à entretenir. « Polygamie » ou « Si un mec couche avec toi, tu dois l'épouser », « Du temps de nos ancêtres, personne n'aurait trouvé ça étrange » ou « Faut pas se marier en dehors de ta tribu ». Nous qui, littéralement, ressemblons à la fin de la vidéo de « Black or White » de Michael Jackson, nous ne pourrions épouser personne en dehors de la tribu !

Et puis, il y a les gouines. La sœur de mon grand-père était homo, elle ne s'est jamais mariée, son amie et elle ont habité ensemble des années. Jusqu'à ce qu'un des petits copains de complaisance se mette à raconter qu'elles dormaient dans le même lit. La sœur de mon grand-père a été chassée de son église et tout le village a parlé de « la maison tire-bouchon ». Ce mot m'a rendue hypersensible, car les adultes l'employaient comme une serpillière sale, et du fait de la sœur goudou de mon grand-père, toute la famille est remontée contre les gouines. Quand, hors de la famille, quelqu'un tient des propos homophobes, tout le monde se tait et prend une mine sombre. Comme à l'école, quand le mec brutal se met à insulter la chatte de la mère de l'orphelin. C'est curieux, car c'est peut-être de la honte, mais c'est peut-être simplement de la crainte. La peur que l'on découvre qu'il y a dans notre famille des Noirs et des homos. La plus salope homophobe, c'est tante Daphnée. Ma grand-mère ne fait que soupirer en disant que le Seigneur jugera, mais je sais bien qu'elle parle de la sorte uniquement par crainte que mon grand-père ne se fâche. Ma grand-mère se branle de l'homosexualité. Quand elle dit qu'elle s'en moque, je comprends bien qu'elle n'y songe jamais et que le sujet ne la taraude pas le moins du monde. Ma grand-mère ne croit pas que l'amour supplante tout, me semble-t-il, mais elle est tellement entichée de la Bible qu'elle se préoccupe seulement des péchés bien établis et vérifiés.

Nadia

Tribal Club Mix

Ricki, le chauffeur de taxi, nous passe un enregistrement Tribal Club Mix tandis que nous quittons Le Cap. En route pour l'enterrement d'une personne que nous ne connaissons pas. Xavie pense que nous allons à Bloemfontein, Dali que nous filons sur Port-Quelque-Chose. Personne ne sait rien, on s'en fout, c'est un road trip, un voyage sans adultes ni liste des psaumes. Nous, les plus grands, on est assis à l'arrière, silencieux car encore ensommeillés. J'ai posé ma tête sur l'épaule de Rustig et je regarde le soleil se lever lentement à l'horizon. Une version speed de la chanson de Ronan Keating « When You Say Nothing At All » résonne dans la voiture.

Ricki, le chauffeur, me mate dans le rétro. Je capte son regard, je demande à Xavie d'échanger nos places.

Il est endormi.

— Tout de même, je t'ai demandé si tu voulais être près de la fenêtre, râle-t-il en rampant par-dessus Rustig et Taakie.

— Ce connard n'arrête pas de me zyeuter dans le rétro, je souffle.

Dali se redresse et me jette un regard endormi.

— Qui te reluque ? Ricki-le-Violeur ? demande Dali suffisamment fort pour que tout le monde se retourne.

— Désolé, Ricki, surveille d'abord ta femme, c'est encore trop tôt pour devenir un saligaud, lance Taakie.

Ricki rectifie le rétro.

— Je ne surveille personne, je regarde le trafic derrière moi.

Les yeux de Dali se font plus minces.

— Regarde-moi, mec. Ricki, j'adore les vieux. J'apprécie tes mollets dorés tout flasques.

Xavie et Taakie éclatent de rire. Le rire de Xavie ressemble au braiment d'un âne, tout le monde se bidonne.

Ricki-le-Taxi détourne le rétro de nous :

— Tu crois vraiment que je suis une folle ? Faut pas me chercher des poux.

Xavie

Je suis la mer

Ma maman m'a souvent raconté que, quand j'étais petit, je m'étais planté devant la mer en criant : « C'est ma mer, ma mer à moi. »

— C'est dire à quel point tu adorais la mer quand t'étais bébé, ajoutait-elle.

Jadis, l'arrière-grand-mère répétait combien elle était heureuse de n'être pas métisse, disait la grand-mère. Elle ne perdait pas une occasion de jeter à la figure de notre famille : vous descendez d'un peuple sale. C'est pourquoi nous tenons tellement à la mer : nous venons de la mer, tels les monstres de l'Apocalypse. L'arrière-grand-père avait enlevé l'arrière-grand-mère et l'avait mise enceinte. Je ne peux pas m'empêcher d'imaginer l'aïeul comme un pirate, obsédé sexuel, kidnappant une Blanche aux cheveux de feu et finissant à la campagne dans un bled quelconque. C'est ainsi que l'aïeule est arrivée parmi les Métis. À part ça, elle se plaignait tout le temps que nous étions tous des possédés, des esprits démoniaques. Elle mettait sur le compte du métissage les gens qui déménageaient du chapeau. Bradley Andries, qui vendait du poisson, s'est mis un jour en tête de lire toute la Bible du début jusqu'à la fin. Arrivé au psaume 27, ses yeux se sont révulsés et il a tremblé de tout son corps. L'arrière-grand-mère expliquait que les différents sangs de Bradley se battaient entre eux.

Les rares fois où ma mère se mettait à parler, je l'écoutais des heures durant. Elle racontait le monde comme si c'était un tissu d'inepties, c'était la meilleure partie de ses propos. Comme si elle voulait me dire : *C'est juste une histoire, je l'ai entendue, tu l'entends à ton tour. Mais n'y attache pas d'importance, c'est pas pour toi. Quand j'aurai fini de parler, laisse-la tomber.*

Une fois, dans la salle d'attente d'un docteur chez qui ma mère faisait le ménage, j'ai piqué un livre sur la santé mentale. Des semaines durant, j'ai essayé de diagnostiquer toute ma famille. Ma mère et moi, nous souffrions de stress post-traumatique. Ma grand-mère était schizophrène. Maria bipolaire. Daphnée psychopathe. Tante Diana dépressive et mon père psychotique.

J'ai inscrit le nom de chacun en face de ces maladies, mais ma mère a découvert le livre dans mon plumard. Ça l'a fait rire jusqu'au moment où elle a trouvé son nom. Elle est redevenue silencieuse. Après le décès de mon père, elle m'a encore moins raconté d'histoires. Son corps maigre est devenu plus petit à mesure que je grandissais. Je me souviens que ma mère pouvait passer des semaines sans dire un mot à personne, et personne n'en prenait ombrage.

Silencieuse.

— Comment peux-tu regarder la mer, qui te coupe le souffle et te tourne la tête, sans croire au Seigneur ? m'a lancé Nadia quand nous étions encore petits.

Je lui ai simplement répondu :

— Tu ne connais pas mon père.

— Tu ne connais pas le mien, elle a répliqué.

Elle avait raison, je ne le connaissais pas. Tout le monde l'adore, mais il bat Nadia. Au point de l'envoyer deux fois à l'hôpital. Mes parents disent que Nadia est butée et qu'elle fait la fière.

Cependant, elle connaît mon père, car toutes les filles de la famille le connaissent.

— Tu crois en ta mère ? demande Nadia.

— Tu crois en la tienne ? j'ai rétorqué.

— Je crois en ta mère, Xavie, elle parle peu.

Xavie

Tu sais ben

> *Tout est noir, je ne veux pas de noir (ils veulent que nous courbions l'échine)*
> *Je veux tout en noir, mais je n'ai pas besoin de noir (à genoux)*
>
> Kendrick Lamar,
> « The Blacker the Berry »

— Vous êtes des demi-Blacks ? demande le plus grand connard de la classe avec sa tête de criquet.

Je me dis, si Nadia était dans les parages, elle se serait servie de ce mec comme d'un fil dentaire. Quel putain de salaud luisant d'huile d'olive ! Mais là, je ne peux rien faire, ma cousine serait inutile.

— Because t'as de drôles de cheveux et ta cousine a un prénom black, ajoute l'autre qui a une gueule de moustique.

Je me contente de soupirer face à ces deux insectes anglais. Ils sont obsédés par le fait que Zodwa soit de ma famille et que Nadia ressemble à une Éthiopienne affamée. Mais ces deux mecs ne sont que des moucherons à peau claire qui cherchent simplement à capter mon attention. Je suis trop doux et trop cool pour un Métis afrikaans. Mes cheveux sont trop lisses, mes traits d'Arabe et mon comportement trop souples. Je n'aime pas ces Métis anglais qui disent « ‘videmment » et « tu sais ben ». Je ne supporte pas ces Métis qui se croient proches des Blancs. Je déteste ces Métis qui emploient des gens de maison.

Je lève la tête et regarde ces deux idiots un long moment. J’hésite à appeler Nadia, je laisse tomber l’idée :

— Je ne suis intéressé par aucun d’entre vous, ni toi ni toi n’êtes mon genre.

Le visage de l’un tourne au rouge, l’autre a l’air embarrassé.

— Ouais, ‘videmment, je lâche.

Je me lève et vais m’asseoir ailleurs.

Nadia

Espérons que ces gens comprennent

J'attends que ma mère fasse une remarque désagréable. Elle palpe, inspecte les vêtements d'une boutique poussiéreuse, comme une femme qui vient de recevoir du fric d'un Blanc. Je suis emmerdée comme la pluie, car ma mère a pris le train pour venir me chercher à l'hôpital. Le shift de mon père tombait mal, il ne pouvait me prendre que demain avec le camion de la boîte. Je porte un sac Shoprite plein de médocs, mon jogging de l'école et un filet pour tenir mes tifs sous mon bonnet.

Derrière son comptoir, la Blanche est remarquablement froide, nous salue poliment et nous ignore pendant que ma mère farfouille.

Dans le fond du magasin se trouvent deux Noires avec de longs cheveux et des fringues chics à chier. L'une d'elles me regarde du coin de l'œil et s'approche.

— Mon Dieu, ma chérie, tu as les plus beaux yeux que j'aie jamais vus.

Sa copine s'amène. Elles me détaillent de haut en bas, comme des créateurs de mode.

— Oh, oui, ma fille, tu es bêlle, quel est ton nom.

— Nadia Sarah-Joy McKinney Josephs, je réponds sans la moindre expression.

— Quoââ, est-ce un nom africain, ma fille ? On dirait le nom d'un Arabe du Midwest, chez nous en Amérique. Merde, ton nom sonne plus américain que le mien, qui est Keisha.

Elle rigole bien trop longuement de sa blague. Je commence à la mépriser.

— Ma fille, tu es de sang royal africain, souviens-t'en, souligne l'autre.

J'aimerais être capable de balancer, comme Tupac à Janet dans *Poetic Justice* : « Franchement, ma chère, je m'en fous complètement. »

— Tu ne serais pas une de ces Métisses ? On dirait que tu viens de plusieurs races, t'sais, ceux que nous appelons *mixed race* aux States. Cela vient de ta couleur de cheveux, elle est naturelle, c'est quoi ? Auburn ? Roux ? Tu ne dois vraiment pas employer pareil mot, il est péjoratif : tu es noire, tu fais partie de notre diaspora à toutes.

Elle fait un geste comme si la boutique était la putain de planète entière.

Je veux lui dire que, par ici, Métis signifie autre chose. C'est juste un nom laissé par l'apartheid. L'oppresseur te colle un nom, il faut en tenir compte. Je ne me bats pas contre un nom. J'ai seize ans et plus d'une fois un Boer m'a traitée de *hotnot.* S'il se voulait poli, il disait *boesman.* J'ai envie de lui balancer qu'elle se comporte comme une Blanche qui veut me donner un cours. Je suis métisse, et noire, et africaine, je suis tout sauf blanche. Mais parce que je ne suis pas Blanche, je ne vais faire la leçon à personne. Merde !

Ma mère arrive, je me dirige vers elle et lui demande quand on va s'en aller. En sortant du magasin, ma mère me demande ce que me voulaient ces deux top-modèles.

— Des Américaines stupidement crasses se baladant en Afrique, je marmonne, mais je suis triste par-devers moi, car les Afro-Américains sont les plus puissants des Noirs.

Tu ne serais pas une de ces Métisses ?

— Ne fais pas la gueule, ces deux-là semblent des bouffeuses de vieilles bites.

Ma mère rigole de sa propre saillie. Je ris presque et pense *ma mère est drôle.*

Xavie

Enterrement d'un fils de roi

Après l'enterrement, Nadia est venue s'asseoir avec moi derrière la maison. Elle fumait et m'a demandé si je croyais au Seigneur, maintenant que mon père est mort.

— Bonne-maman dit que les gens qui ont mal vécu vont dans l'enfer froid, ceux qui sont méchants ne vont nulle part. Je comprends pas ce que signifie son enfer froid, le feu c'est quand même chaud, n'est-ce pas ?

— Grand-mère est folle, Nadia.

Elle a éclaté de rire en reniflant. Elle rit d'habitude en mettant la main devant sa bouche, car ses dents de devant sont gâtées. J'ai éteint le mégot et nous avons gagné silencieusement la tente orange, parmi les gens, mais hors de vue de la grand-mère.

Les gens chantaient « les enfants de roi sourient malgré les difficultés ».

— Ton père est complètement mort, Xav, me souffle Nadia.

Je l'ai regardée d'un œil glauque, et puis j'ai soupiré :

— Je sais, j'ai jeté ses vêtements à la mer.

Je sens le poing osseux de Daphnée contre mon dos.

— Va te mettre à côté de ta mère !

Mais avant qu'elle n'agrippe Nadia, je saisis cette dernière par la manche et nous nous approchons de ma mère.

Elle est assise, le visage sec et le regard fixe. Les sœurs de mon père pleurent comme si une agence de pub les avait payées. Mon père était de la mouvance apostolique, la courte cérémonie s'achève.

Xavie

Récolté c'est gardé, usagé c'est rejeté

Je bascule la brouette pleine des vêtements de mon père par-dessus le bord du rocher. Un vent violent m'oblige à maintenir ferme la brouette. De l'eau de lessive gicle sur mes jambes nues. Je rentre en poussant la brouette vide le long de la plage, je la laisse sur le sable. Dans le lointain j'aperçois l'oncle Loper et son chien noir Swartkol. Loper porte l'uniforme orange et brun de la municipalité. Il entasse les déchets et les fourre dans un sac noir. Je commence à courir le long de la plage, le vent fait claquer ma chemise, je suis le vent. J'accélère, le vent me repousse, mais je cours plus vite et je me sens traverser le vent. Je lève la tête et je crie :

— Je suis le soleil !

Ses rayons me réchauffent le corps, ils me brûlent la plante des pieds. Je lève haut les jambes et galope encore plus vite. Les rayons du soleil s'adoucissent, le feu disparaît de mon corps. Je tombe à genoux, le visage tourné vers la mer. Je reprends mon souffle, me relève et retombe à genoux dans l'eau étale. Elle est froide, l'ourlet des vagues se brise contre moi. Je lève lentement la tête et je murmure :

— Je suis la mer.

L'eau se retire comme si elle me demandait d'approcher et de répéter. Je jette un œil par en dessous, je vois débouler une grosse vague. Je me lève d'un bond et cours sans me retourner. Je ne suis pas la mer.

Je reprends la brouette et rentre lentement. À la maison, ma mère est assise sur un pot de peinture, des bigoudis dans les cheveux. Elle porte une robe d'été jaune doré, elle fume devant le fronton.

— Tu peux prendre ton temps, Xavie. Ce crétin de mecton saoul cherche sa brouette. Bon Dieu, notre homme est à peine froid que tous viennent récupérer leurs biens. Dawid vient demain, de Napier, pour reprendre ses cannes à pêche. J'ai envie de briser tout ça en petits morceaux. Que savent les taupes du fromage ?

Je passe en silence devant elle, je vais m'effondrer dans ma chambre sur mon matelas.

Nous nous préparons à revenir au Cap. Je vais loger dans la famille de Nadia, ma mère va prendre un boulot avec obligation de dormir sur place. Je pense que la décision de ma mère de quitter les lieux, maintenant que mon père est mort, rend la famille de mon père encore plus furieuse. Je ne les comprendrai jamais : ils ne nous aiment pas, ils veulent nous voir partir, et quand nous partons pour de bon, ils se fâchent. Ils ont obtenu ce qu'ils voulaient. Ils reprennent la maison et tous ses vieux meubles. Ma mère leur laisse même les casseroles et la vaisselle, nous ne partons qu'avec nos vêtements.

Nadia

Ce verre est propre

— Lave-toi les mains avant de venir à table, la famille de ton père se plaint déjà assez de la nourriture.

Ma mère s'active à la cuisine sous l'ampoule jaune au milieu de la pièce. Elle pèle deux grosses pommes de terre avec un couteau élimé. Elle porte un chignon lâche, des mèches lui tombent sur la figure. Elle ne sue pas, je remarque, pourtant ma mère ressemble à quelqu'un qui court vers un ascenseur, essoufflée et humiliée.

— Nous partirons samedi tôt. Veillez à ne pas vous bourrer la gueule vendredi soir. Vous monterez dans le combi de Ricki.

Je me casse en deux devant le frigidaire, la tête me bat, je me refroidis le corps.

— Qu'est-ce qui se passe samedi ? je demande, tandis que je sors de l'eau glacée et que je referme doucement la porte du frigo.

— Un enterrement. Le fils aîné de tante Ousie est mort. On l'enterre samedi à Bokvallei.

Je sors un verre de l'armoire et me verse de l'eau, je l'avale à grandes lampées.

— *Jirre*, Nadia, tu bois dans ce verre sans l'avoir rincé ?

— Ce verre est propre.

Xavie

Chaînes

Ma mère étend du linge pendant que j'apporte du bois. Dans le lointain j'aperçois s'approcher de sombres nuages, telle une immense fin du monde. Je sais bien que le monde s'achève depuis des années, chaque jour marque la fin de quelqu'un. J'ai perdu la crainte du terminus quand j'ai compris que nous ne vivions qu'en vue d'une fin.

— Xaviar ! Finis de ranger le bois, Allah-dieu, tu vois bien que la pluie menace, crie ma mère en fixant, les mains sur les hanches, les lourds nuages sur l'océan.

Cela fait deux jours d'affilée que ma mère parle, nous nettoyons car nous partons bientôt. Je pense qu'elle est contente.

Le vent se lève. Elle s'avance vers moi qui ramasse des bûches et vais les entasser dans un coin de la cuisine.

— Xaviar, tu sais que je me moque des conneries que peuvent raconter les gens, ils n'ont rien d'autre à faire, et maintenant que ton père est mort, je veux te laisser tranquille.

Sa voix se fait plus douce, comme si ses mots voulaient me prendre par les épaules. Mais ses doigts s'enchaînent durement les uns aux autres, comme si elle devait d'abord s'attacher avant de jouer les mères.

— Tout ce que tu penses de ton père, tu ne peux pas le dire. Je songe à plein de choses, mais il est à présent sous terre tandis que nous respirons, il faut que nous apprenions à vivre sans lui.

Je me penche pour attraper une dernière bûche.

— Nous vivions depuis des années sans lui, maman, il ne me manque pas du tout. Je ne parlerai pas de lui.

Elle s'éclaircit la gorge, dénoue ses doigts et croise les bras.

— Tout ce que j'essaie de dire, Xavie, c'est que ton père est mort. Tu as le droit de vivre. Moi aussi, nous… nous devons vivre tous les deux.

Nadia

Mariage-enterrement

Ma cousine Meghan, la fille aînée de ma tante Daphnée, se marie le jour même de l'enterrement de l'oncle de ma mère. Cet oncle est un personnage mineur dans nos vies. Mais maintenant qu'il est mort, ses frères et sœurs essaient de le faire passer pour plus important qu'il ne l'était. Pensez à l'attaque au parapluie de Britney Spears en 2007. Mon oncle c'est le parapluie. Ma famille, c'est l'effondrement.

Ça a commencé au petit matin par une dispute au sujet du curry. Ma tante, qui prépare toujours du curry pour les funérailles, a suggéré qu'on serve aussi du curry au mariage, car la noce n'a lieu qu'en fin d'après-midi. Les gens auront déjà mangé, ma cousine n'aura qu'à rajouter la viande grillée et les petits fours pour la fiesta. Ma cousine éclate, car tout est payé, si l'on casse quoi que ce soit, elle perd la moitié de sa caution :

— C'est mon jour, maman, c'est mon jour ! pleure-t-elle comme une fillette, face à tante Daphnée.

Par-devant je porte un grand nœud en organza, orange et criard. Ma robe de demoiselle d'honneur fait du bruit quand je bouge. Ma cousine revendique son jour, à l'image de Colomb s'emparant de la terre des Amérindiens. Ce jour lui appartient. Sa robe ressemble à un empilement de rideaux bon marché dans un magasin pakistanais.

Ma cousine affiche l'attitude de Sami et Carrie dans *Des jours et des vies.* Ce samedi après-midi est lourd, étouffant.

L'air agit comme un filtre terne des années 1990 pour une famille dysfonctionnelle des années 1990. Mon fond de teint fond. Je suis assise dans la chambre de la fiancée, en temps normal c'est un magasin à domicile. Ma cousine pleure tellement que le mascara imperméable forme de longues veines sur ses joues. Je ne suis pas désolée pour elle, car elle est trop âgée pour pleurer sur l'injustice. Ce n'est pas son jour, ce n'est le jour de personne. Le jour, contrairement à nous, n'appartient qu'à lui-même. Nous ne sommes que ses hôtes, mais ma cousine ne veut pas le comprendre. Elle se met à crier sur ma mère, mais celle-ci n'est pas du genre à se laisser crier dessus.

Je suis presque certaine que ma cousine ne sait pas pourquoi elle est si fâchée. Ou bien, elle le sait et elle utilise la débâcle pour lâcher toute sa bave refoulée. Le fiancé vient d'une famille chic. Tous sont instituteurs ou infirmières. Ma cousine a les yeux bleu clair, des lèvres à la Liz Taylor jeune, les bonnets D en héritage familial et une prédisposition génétique à l'autosacrifice féminin. Toute cette rage tient au fait que sa mère, tante Daphnée, nettoie les toilettes à l'école primaire.

Nadia

Les flammes semblent belles par grand feu

L'oncle Cannettes est sorti de prison aujourd'hui. Ma mère avait inscrit la date sur un papier et l'a oubliée. Tout le monde a oublié. Condamné à quatre ans, réduits à dix-huit mois, il sort enfin de Pollsmoor. Personne, dans la fratrie de ma mère, n'a achevé ses études, mais tous prétendent savoir ce que quatre ans réduits à dix-huit mois veulent dire. Moi, je ne comprends pas, on dirait plutôt une grossesse prolongée ou la réponse de jeunes mères quand on leur demande l'âge de leur bébé.

Cannettes se pointe avec un crucifix au bout de sa chaînette et un brillant à l'oreille. Son chandail chamarré lui donne des allures de père de famille de série télévisée, il flotte dans son Levi's. Il porte des grolles Crockett & Jones, un catogan luisant sur le crâne. Tout le monde se trouve dans l'arrière-cour, mon père s'occupe du *braai*, ma mère et mes tantes boivent du thé sur leurs chaises de plage.

Cannettes arrive avec dans la main un gros bateau en allumettes.

Ma mère s'étrangle avec son thé.

— Seigneur Jésus de Golgotha, Cannettes ! Avec un navire à la main !

Elle éclate de rire.

L'oncle Koos, déjà beurré, saute sur ses pieds.

— Ouais, Cannettes ! Je vois que ton navire a accosté.

Tout le monde rigole.

— Hé, les mecs, c'est quoi cette famille ? J'ai dû faire du stop pour arriver ici. Tina, je t'avais pourtant dit qu'il fallait venir me chercher.

Ma mère essuie ses larmes de rire.

— *Jirre*, Cannettes, je t'avais oublié.

L'honnêteté de ma mère rend l'oncle presque heureux.

Cannettes erre parmi les adultes avec son bateau. Personne ne bouge. Il vient s'asseoir près des jeunes et s'adresse à moi, parce que je suis la plus proche de lui.

— Tenez, tenez, voilà un navire pour vous, lâche-t-il de sa voix rauque.

Je prends le bateau en bois, et Cannettes entre dans la maison.

Les autres adultes se lèvent et le suivent. Le soleil s'est déplacé, ils vont chercher la fraîcheur sur le *stoep* ou à l'intérieur. Xavie, Dali, Zodwa, Taakie et moi allons nous planter sous le pommier dans le coin le plus reculé de la cour. Xavie remplit d'eau la cuvette verte qui sert de baignoire à ma petite sœur. On met le bateau à l'eau, et Dali lui met le feu. Le bateau de prison de l'oncle Cannettes s'enflamme tout en flottant. Assis sous l'arbre, nous le regardons se consumer.

— Les flammes semblent belles par grand feu, murmure Zodwa.

Nadia

Amoureuse

Nous, tous les cousins-cousines, sommes allongés sur un seul matelas dans la vieille chambre, froide, de Xavie à Santekraam. Le vent fait vibrer le petit rideau bleu, le soleil tape à travers la fenêtre ouverte. Un transistor passe du Whitney Houston à fond la caisse. Le DJ se met à parler de la musique, tante Diana jure, elle a horreur des causettes pendant qu'elle écoute la radio.

Diana pénètre dans la chambre une longue bouteille de bière à la main, et un petit verre. Elle chante à contretemps « He's all I got, he's all I got in this world... » de sa voix éraillée et se fore une place entre nous.

— Vous savez, ce morceau ouvre des portes qui auraient dû rester fermées, il me ramène mon mari... cet homme qui a capturé le monde entier et l'a piétiné de ses pieds nus.

Diana prend une gorgée de bière et fixe le mur en silence.

— Le jour où vous allez prendre un mari ou une femme, ne faites pas ce que nous avons fait, prendre une bite ou un homme, c'est très différent. Toutes mes sœurs ont attrapé une bite, comme dit la Bible. Moi, au premier coup, j'ai pris un homme. C'est certainement à cause du diable qui m'habite, mais je voulais un homme. Ce mec m'a juste lancé un putain de regard, et j'ai craqué.

Elle avale une gorgée et s'éclaircit la gorge.

— *Jirre*, comme j'étais amoureuse de ce Noir… Il était beau comme l'eau… Mais la roue a tourné, plein de gens sont passés et ont trempé leurs pieds sales dans l'eau, il s'est échappé… Loin de moi…

Tante Diana sourit avec une amertume que nous ne lui connaissons pas. J'essaie de la considérer comme elle se voyait avant que tout se barre en couilles, mais ça ne marche pas. Tout ce que je vois, c'est qu'il est tragique de perdre. Plus qu'un amour, elle a perdu tout ce qui faisait d'elle une personne.

Xavie

Cannettes-le-Borgne

L'oncle Cannettes a refait parfois de la prison. La dernière fois qu'il en est sorti, il lui manquait un œil. Tout le monde a évité de lui demander où était resté l'autre. L'œil unique de l'oncle Cannettes est devenu un mythe familial. Personne n'a plus eu le droit de prononcer ni le mot « œil », ni le mot « unique ».

J'étais captivé par l'insistance de mes tantes à vouloir ignorer la cause de l'éborgnement. J'en ai déduit que, soit elles se moquaient de savoir pourquoi, soit elles craignaient que cela cause un scandale. L'oncle aurait perdu son œil pendant l'un ou l'autre jeu sexuel bizarre. Dans la tête de mes tantes, il ne se passe que deux choses en prison : les hommes se font des tatouages ou ils se baisent entre eux. Le dysfonctionnement de ma famille ne connaît pas de limites, mais je me suis auto-désigné comme le briseur des malédictions familiales. Bien que ce ne soit ni le bon moment, ni le bon endroit, j'ai mis les pieds dans le plat, à l'image de mon oncle quand il est bourré.

— Oncle Cannettes, pourquoi n'as-tu plus qu'un œil ?

Je sens toute la maisonnée se crisper dans le silence.

Cannettes dépose son journal et me lance un sourire de travers.

— Un soir j'étais tellement camé qu'un de mes yeux s'est détaché.

J'éclate de rire. Mon cousin qui arrivait du couloir s'est mis à rire, lui aussi :

— Eh, l'oncle, c'est pas vraiment ce qu'on appelle des préliminaires romantiques.

Nadia

Héritage

Après notre triste nuit sous la tente, ma mère vient nous voir, Xavie, Dali et moi.

— Préparez-vous. J'ai demandé à Daphnée qu'elle vous laisse le temps de vous laver, de manger et de vous habiller, avant de partir pour l'église.

— Est-ce qu'on ne devait pas d'abord amener Tasha à la maison ? demande Dali.

— Si, mais la grand-mère exige que tous les enfants se rendent directement à l'église, pour éviter que vous soyez trop bouleversés.

Nous restons assis en silence. Jusqu'à ce que Xavie s'irrite, une fois de plus on nous laisse à l'écart, à cause des conneries de bonne-maman et de Daphnée. Elles ont peur qu'on pleure trop bruyamment, qu'on s'apitoie sur la mort de Tasha. On veut que nous attendions à l'église avec les étrangers, afin que les adultes puissent enterrer Tasha et notre chagrin en même temps.

Nous sommes propres et bien habillés quand Daphnée arrive dans le salon avec une casserole de *pap.*

— Voilà, servez-vous, mangez et grouillez-vous les miches pour filer à l'église.

Elle a posé la casserole, est repartie. Nous nous levons et partons par la porte d'entrée. En l'ouvrant, je tombe sur Taakie. Les larmes me viennent aux yeux. Xavie me passe devant.

— Venez, partons avant que Daphnée se mette à déconner.

Devant le portail nous attendent Zodwa, Rustig et Sammy, la fille de Daphnée, notre cousine que nous ne voyons qu'au moment des événements tragiques. Nous remontons le chemin ensemble, dans nos putains d'habits d'un blanc immaculé. Sammy ressemble à une petite Blanche qui joue les fées dans les fêtes pour enfants. Ses yeux sont gonflés d'avoir pleuré.

Dali donne l'impression d'avoir le nez qui le gratte.

— Je n'ai jamais été aussi fâché de ma vie, grogne-t-il. Allons-y.

Taakie porte à son auriculaire la chevalière d'argent qui appartenait à Tasha. Il remarque que j'ai pris note.

— Mon héritage, souffle-t-il en levant le petit doigt.

Je lui décroche un demi-sourire et nous poursuivons notre marche dans un silence affligé.

Nadia

À nos chers disparus

Nous sommes en route pour un enterrement dans un bled qu'aucun de nous ne connaît. Un oncle a clapoté, encore un oncle dont on ignorait tout, foutue famille nombreuse. Mais tante Daphnée, cette conne amère et sophistiquée, a décidé que toute la famille irait aux funérailles de l'oncle Machin. Alors on nous fourre, nous les enfants, dans un combi conduit par un sale type qui a acheté son permis, et zou, en voiture. Les adultes partent de leur côté et on ne les retrouvera qu'au cimetière.

— Ricki, tu pourrais couper la musique, demande Dali. J'ai des enregistrements sur mon portable, on voudrait les écouter.

Ricki, d'humeur moins massacrante, répond :

— Ok, passez-moi votre musique-là, je la branche sur mon système. Nouvelles enceintes, son de haute qualité.

Dali fouille dans son sac à dos et sort une pochette pleine de CD.

— Voici !

Il sort l'album des Cranberries *To the Faithful Departed*, à nos chers disparus.

— Commence par le numéro trois.

Hold on to love, that is what I do

Quand le chœur se lance, nous reprenons ensemble :

And I miss you, when you're gone
That is what I do, bay-, bay-, babe

Je me redresse pour ôter ma veste, mais je croise le regard de Ricki dans le rétro. Je me rassieds et remonte la fermeture Éclair de ma veste.

Xavie en a marre. On s'arrête dans des lieux où les Métis sont rares.

— Les Métis du Cap ont l'air sacrément doux comparés aux connards par ici, lâche-t-il, comme s'il était originaire du Cap.

— Il n'y a qu'au Cap que tu sois un Métis, mon frère, partout ailleurs, tu es un *hotnot*, soupire Taakie.

Quand la voiture s'arrête devant maisonnette de la municipalité, Christina rassemble ses sacs en plastique et farfouille en quête de la poignée de la portière. Le chauffeur sort et va la lui ouvrir.

— C'est ici, dans cette maison beige, que tu dois demander où habite la famille d'Edward. Mais veille à pas trop papoter, les flics sont actifs par ici.

Christina sort, rajuste ses vêtements, range les sacs en plastique sur le trottoir et cherche dans son sac à main la liste des mots xhosas qu'elle a emportée. Au cas où elle croiserait des gens qui ne parlent ni anglais ni afrikaans. Elle est très heureuse que le chauffeur ne l'ait pas débarquée là-bas dans la grand-rue.

Un homme maigre s'avance, vêtu d'un bleu de travail et d'un t-shirt syndical jaune. Elle esquisse un geste maladroit. Il ouvre la petite haie en fil de fer et amorce un large sourire.

— Jirre, *Stina, que fais-tu par ici ?*

L'anxiété de Christina quitte son corps en s'apercevant qu'Edward se souvient d'elle. Il saisit les sacs en plastique et lui fait signe d'entrer.

— Tu ne vas pas me croire, Edward, j'ai prié le ciel, car je craignais d'avoir un mal fou à te trouver. Jirre, *je suis soulagée.*

Edward rit.

Christina est assise dans le salon sombre. La maison sent les déchets brûlés et le moerkoffie. *Elle pousse un profond soupir. Edward émerge derrière le rideau avec un mug de thé. La cuillère plantée dedans. Elle s'en saisit des deux mains, elle souffle dessus et sirote.*

— Comment vont les choses à Groenplaas ? demande-t-il en se frottant la tête. Je me suis dit que, moi parti, vous seriez plus au calme.

Christina soupire à nouveau.

— Edward, les enfants sont nées… Mister Herold a chassé Diana du domaine agricole, elle vit maintenant à Santekraam, dans la famille du grand-père.

Christina toque des doigts sur le mug.

— Edward, il faudrait que tu reviennes avec moi, car il y a deux enfants. Ma mère s'agite comme un chien fou dans le domaine agricole, elle raconte à tous que tu aurais jeté un sort sur Diana. Dès que j'en aurai terminé avec cette affaire, je déménage moi-même au Cap, je ne peux plus m'occuper de tout le monde. Mais ce qu'ils font avec tes petites n'est pas juste. Qu'elles soient nées hors mariage n'est pas une raison pour isoler Diana toute seule sur une montagne. Où trouvera-t-elle un homme pour s'occuper de ses deux enfants ? Des filles en plus ? Quel autre homme voudra élever deux filles ?

Nadia

Papillon-godasse

— Comment appelle-t-on un papillon en afrikaans ? demande Dali, allongé sur la pelouse derrière l'église.

— Un *skoenlapper*, un réparateur de godasses, répond Taakie.

— Un mot bien malpropre pour un si bel insecte, juge Dali.

— Comme si *butterfly*, mouche à beurre, était un joli mot.

— *Skoenlapper*, grogne Zodwa, ça n'a aucun sens, ça sonne comme godasse, comme vieillard souffreteux des temps anciens.

Xavie :

— Tu penses qu'on peut donner un nouveau nom à un mot qui en a déjà ?

— Oui, je crois qu'on le peut, mais on ne peut pas changer la signification d'un objet, je soupire. Surtout quand il s'agit d'une chose ancienne.

— Peut-être, tu peux y arriver pour toi-même : si tu en as marre d'une chose, tu peux changer son nom et sa signification.

La voix de Xavie semble fatiguée.

— Je pense que si l'on peut changer de nom et d'identité, on doit pouvoir tout changer, glisse Sammy.

Dali s'irrite :

— *Jirre*, Sammy, toi, tu ne veux que changer d'identité. Tu changes ma bonne humeur aussi.

— Je veux tout changer, sauf moi-même, je déclare.

— Si tu changes tout, Nadia, tu te changes toi-même, c'est comme ça que fonctionne l'univers, réplique Xavie.

— Dans ce cas, merde à l'univers, c'est une saloperie.

Et je vais m'allonger à côté de Xavie, les mains derrière la tête.

— Papillon, ça sonne comme la famille Pierrafeu, siffle Xavie.

— Nom de Dieu.

Je ris doucement en roulant des yeux.

— Je souhaiterais qu'on puisse oublier quelqu'un, à partir du jour où il meurt. Comme on emporte tout avec soi quand on meurt, murmure Taakie en se frottant le crâne.

— Vous pensez trop, lâche Rustig.

Xavie

Imitation de la vie

— Sammy aime ces films bizarres où les filles pleurent leur chat mais pas leur mère, constate tante Tina. Sammy veut devenir une Blanche, et elle peut y arriver car elle ressemble déjà à une Européenne, mais quand elle vieillira, on remarquera ses cuisses gonflées. Plus âgée, elle paraîtra moins moche. Les joues des Blanches dégoulinent comme les grains de riz d'un paquet. Avec des plis le long de la bouche comme des classeurs mal rangés. Et ces mains, ces mains affreuses qui ressemblent à du pudding au sagou, on jurerait qu'elles ont exercé un travail manuel, tellement elles sont abîmées quand elles vieillissent.

Tante Tina dépeint les Blanches avec la précision d'un peintre hollandais. Si Vermeer avait peint une femme boer, il l'aurait intitulée *La fille aux mains de pudding au sagou.*

Nadia

Dieu crée l'homme, mais c'est le diable qui lui donne sa couleur

La sœur aînée de Sammy, Meghan, affiche son côté mélo comme un sac à main de contrefaçon. Son surnom, quand elle était petite, était Saucisse, parce que, quand elle ne comprenait pas quelque chose, elle rassemblait ses doigts boudinés dans un geste à l'italienne. Sammy et Meghan sont nos cousines, mais nous les rejetons. Principalement parce que leurs parents sont les pires personnes au monde. Mais Sammy et Meghan ne savent pas qu'elles sont hors circuit. Parce que leur mère est la pute aînée, elles croient qu'elles font partie de l'élite de la famille. Les codificateurs des valeurs familiales toxiques. Les SS de la guerre menée par le clan McKinney. Pour les gens de l'extérieur, les camps au sein de la famille ne sont pas perceptibles, mais pour nous ces barbelés courent comme la racine d'un vieil arbre. Ma grand-mère a besoin de cette division.

Quand nous étions petits, Sammy et Meghan n'avaient pas le droit de jouer dehors. Je me souviens d'un jour à l'école primaire. Une fille a demandé à Sammy si nous étions de la même famille. Elle a répondu non. Je venais à l'instant de signaler à tout le monde que nous étions cousines. Les enfants lui ont raconté que nous étions parents. À la récré, elle est venue m'engueuler à propos de mes « mensongeries » :

— D'abord, nous ne sommes pas parents. Je n'ai aucune famille noire, tu es folle, arrête de raconter ces trucs.

Puis elle m'a tourné le dos et s'est en allée avec sa légion de démons anglophones. J'en suis restée coite et l'ai regardée partir.

L'après-midi, après l'école, je jouais à la toupie avec les garçons devant notre maison. Sammy et tante Daphnée passaient par là, elle m'a regardée avec un grand sourire :

— Nadia, tu veux venir voir la télé chez moi ?

Je n'ai fait que baisser les yeux, faisant mine de ne pas l'entendre.

Nadia

Judith décapitant Holopherne

J'ai horreur de jouer les cyniques, mais la merde est pitoyable, l'époque critique
Tel Jimmy Savile, on tue gaiement des enfants en un rituel
Je vais liquider ces misérables, en un élan biblique
Je les décapiterai, ils supplieront, je passerai au numérique
Merde à la politique, notre mission est spirituelle
Un miracle sanglant fut envoyé afin de punir les affreux

Run the Jewels, « Pulling the Pin »

Premier arrêt, après deux heures et demie de route, à une station-service Engen. Les plus jeunes se ruent sur les toilettes. Xavie et moi, nous allons nous asseoir sur un banc en pierre, un peu en retrait des autres pour fumer en paix.

— *Jirre*, où donc sommes-nous ? demande Xavie en nouant ses lacets.

— Vous êtes à Helderfontein, explique un des employés d'entretien.

Le soleil a beau être limpide, l'air est encore frais.

Je demande à Xavie :

— Pourquoi est-ce que Taakie et Rustig se sont attrapés hier soir ?

— Je sais pas, j'ai juste entendu l'un menacer l'autre de lui casser la gueule… Ils ont l'air relax à nouveau ce matin.

— C'est pour ça que je pose la question, ils ont l'air de très bien s'entendre… Je pense que c'est le style de Taakie. Il se fâche comme une brute, mais dit que dalle, il est comme Dali, on entend parler de leurs disputes une fois qu'elles sont passées.

Les petits déboulent en courant et parlent tous ensemble.

— Nadia, je voudrais un soda, dit Tasha avec ses dents de devant qui repoussent. Taakie a dit de te le demander parce que t'as un tas d'argent.

J'éteins mon mégot, la soulève, la prends sur mon dos.

— Viens, choupinette, on va acheter des boissons.

Je porte Tasha, les trois autres sautillent derrière nous.

Nous passons devant Ricki, il est assis sur ses talons adossé à son combi, garé de traviole sur la pelouse. Il boit une cannette de Stoney et fume. J'essaie d'afficher un visage de marbre, car il me reluque. Tous les mateurs le font en silence, comme Ricki. Il sait clairement à présent que cela m'embarrasse. Il l'a compris quand, dans son combi, il a vu que je ne voulais pas retirer ma veste. Il jouit de cette bribe de pouvoir. Il sait que mes cousins le rosseront s'il tente quoi que ce soit, il sait aussi qu'il a un chouïa de pouvoir sur moi, c'est tout ce qui lui importe. Qu'est-ce qui est le pire ? Un mec suant et mateur ou un pervers bien sapé ? Le genre qui te touche le dos quand tu passes, ou l'oncle qui salue toutes les femmes de la famille d'un bisou sur la bouche ?

Sur la planète, les hommes jouent un sale jeu. Mais j'aiguise mes lames pour le jour où je tuerai tout le monde. Comme dans la peinture d'Artemisia Gentileschi *Judith décapitant Holopherne*. Je commencerai par les pervers bien sapés, ensuite les femmes qui couvrent leurs actions.

Nadia

Valium et Fanta

Ma cousine et moi sommes dans la salle de bains d'une maison où toute la famille s'est réunie. Je réduis des pilules de Betapam en poudre avec deux cuillères à thé. La pièce sent fortement la pisse. Nous versons la poudre dans nos cannettes de Fanta. Elle me parle de sa nouvelle copine qui, ce soir, va lui apporter de l'ecstasy. Si j'en veux, je n'ai qu'à passer avec ma veste Hang Ten bleue, car elle veut me l'emprunter. Je lui dis de laisser tomber, je ne prête pas ma veste. Je n'ai jamais pris d'ecstasy, je m'en passerai sans problème.

Le souci dans ma famille, c'est que personne ne s'engage dans rien. Le gène de la loyauté s'est arrêté chez mon grand-père. Nous sommes purement et simplement faits pour nous autodétruire et nous trahir. Nous, la génération Renaissance africaine[1] de la lignée. Les fantômes des forêts ou des eaux nous sont familiers. Sauf que nous sommes prompts à surconsommer des drogues ou de l'alcool. Des stéréotypes métis, génétiquement prédisposés à de gros excès de violence.

Je dévisage Sammy, avec ses yeux bleu-vert et ses lèvres impressionnantes.

— Ne te mets pas dans la merde, ta copine me semble une camée.

— Tout d'abord, je suis en mission, je veux profiter de ma vie. Se foutre dans la merde fait partie du jeu.

---

[1] Concept lancé en l'an 2000 par le président Thabo Mbeki.

Je ne peux jamais parler trop longtemps avec Sammy, elle est vraiment trop conne. On dirait une Blanche dans un épisode de téléréalité. Sammy a vu le film *Wild Things*, elle se prend pour Neve Campbell. L'énergie américaine de la pâle Suzie Troller s'est nichée dans la petite tête de Sammy. Le problème c'est qu'on manque de Kevin Bacon ou de Matt Dillon dans le ghetto. Elle baise à présent une fille qui ressemble à Avril Lavigne, habitant le coin snob des quartiers nord.

— Tu te souviens de ce livre qu'on avait reçu dans cette école semi-publique ? Ce don de livres. *Die dinge van 'n kind*, de Marita Commentquellesappelle[1].

Sammy bredouille une explication.

— Qu'est-ce que ça peut foutre ?

Je lui jette un regard embarrassé.

Elle part d'un gros rire en me regardant.

— *Jirre*, Nadia, enfin, cette école d'où provenait le livre, c'est l'école qu'a fréquentée Amy, ma copine.

— Mais qu'est-ce que tu veux que ça me foute, Sammy ?

— Nadia, crie ma mère à la porte.

Nous rajustons nos vêtements, j'ouvre grand mes yeux deux-trois fois afin d'avoir l'air moins endormie. Sammy et moi filons vers le salon où sont assis tous les adultes. Ma grand-mère me fait signe de m'asseoir à ses pieds. Je m'avance lentement à travers les bigotes et vais me poser sur le sol.

Le pasteur commence à parler, je sens monter la détresse, la tête me tourne, tout devient sombre.

Je m'éveille en sursaut deux jours plus tard au service des urgences de l'hôpital Karl Bremer. Je porte une jupe médicale beige. J'ai la bouche pleine, comme si j'avais mangé du sable.

---

1 Roman afrikaans de Marita van der Vyver, 1994, sur le passage à l'âge adulte de trois adolescentes.

Le docteur dit qu'il s'agit d'une overdose. Désolée, j'ai dit, c'est ma toute première overdose, valium et Fanta orange.

Trois jours plus tard, tout le monde se fout de moi. Une tentative de suicide lors d'un enterrement ! Dès qu'on prononce le mot « dingue », il y a quelqu'un pour dire « Nadia, ça te concerne ». À leurs yeux, c'est drôle que mon père me batte jusqu'à me faire perdre conscience, ou que je prenne trop de drogues parce que je n'en peux plus. Pour eux, c'est sacrément drôle. C'est drôle. C'est drôle que personne ne se soit soucié de demander pourquoi j'ai bouffé du valium comme un petit-beurre. J'ai compris : personne ne s'en préoccupait. Si tu ne supportes plus la vie, personne ne viendra à ton secours. Personne dans toute ma famille, y compris moi-même, n'a un réflexe de sauveteur, personne n'y tient vraiment.

Si j'y étais restée, ils auraient simplement soupiré : « Elle a toujours été en proie aux conneries. »

Nadia

Le tombeau des lucioles

Ma grand-mère m'explique que mes rêves sont des consignes que le Seigneur tente de me faire passer. Elle est convaincue que j'ai un don, une sorte de troisième œil. Moi, je sais que je suis simplement bizarre, et sacrément bonne pour compartimenter les sentiments. Ma grand-mère veut désespérément qu'un de ses petits-enfants entre au service du Seigneur. Mais nous avons tous trop de secrets bien protégés pour prétendre à la pureté du christianisme. Nous sommes comme une horde de hyènes attendant que les lions, ces adultes censés nous protéger, aient fini de manger. Nous emporterons les carcasses à la maison, ferons mine qu'elles sont encore entières et regarderons derrière nous.

J'ai rêvé que mon grand-père allait mourir, il se tenait au bout d'un long couloir, tel Johnny Cash, dans son costume noir avec un borsalino brun. Et une valise brune aux fermetures rouillées. La porte donnant sur le *stoep* était ouverte et les fleurs du pommier luisaient comme les lucioles dans le poster du *Tombeau des lucioles* d'Isao Takahata. Je ne parvenais pas à me voir, mais j'étais bien là. Je voulais pleurer et crier « Bon-papa ! Bon-papa ! Bon-papa ! ». Mais je n'avais pas de voix, juste une rivière de larmes chaudes.

À la suite de ce rêve, ma grand-mère a tout d'abord prié, puis elle a dit :

— De toute évidence ce rêve concerne une personne enceinte.

J'ai cessé de l'écouter. En plus de sa grossièreté, ma grand-mère est très bête. Les gens qui rêvent des morts sont les plus tristes du monde, car il n'existe pour eux aucun endroit de paix. Les morts vous attrapent et vous rejettent où ils veulent.

Nadia

Faire bonne figure

— Nadia Sarah-Joy McKinney, je te le dis sérieusement, si la police demande ce que tu as vu ou entendu, tu réponds que tu étais déjà endormie et que tu ne te souviens de rien.

Tante Daphnée essaie de m'enfoncer ces paroles dans le crâne. La vérité, c'est que c'est parfaitement inutile, je sais d'instinct qu'il me faut mentir. Si quiconque, n'importe qui, me pose une question, je dois d'abord mentir.

Nadia

Kali et Shiva

Sammy et moi sommes assises derrière la maison, elle sur un pot de peinture, moi sur une petite chaise rose pour enfants. Mes jambes pèsent vachement lourd, et je sens ma figure s'affaisser. Elle me parle de Kali et de ses têtes accrochées à son cou, comme un rappeur gangster mythique. Je n'arrive pas à suivre les pensées camées de ma cousine. On vient de finir un joint. On a l'impression qu'on est assises depuis des heures. Mon père est d'humeur à me cogner, je le vois à son attitude. Il agit toujours de la sorte quand il va me battre, c'est pourquoi je fume, s'il veut taper, je serai sacrément forte.

Sammy m'aide à m'extraire de la petite chaise, m'entraîne à la cuisine, puis dans la chambre. Elle descend les stores, me fait asseoir sur le lit. Lorsque mon père commence à secouer la poignée de la porte, elle pose un doigt sur ses lèvres, « chhhhh ».

— Oui, oncle Ben, je me prépare pour l'équipe de nuit.

Mon père grommelle comme le grand méchant loup. Nous demeurons à l'affût jusqu'à entendre s'ouvrir et se refermer la porte du garage.

— Nique ta mère, oncle Ben, chuchote ma cousine.

Elle va s'allonger sur l'autre lit. Elle allume mon petit lecteur de CD Safeway et nous écoutons Staind :

'Cause it's always raining in my head
Forget all the things I should have said…

— Crois-tu qu'on sortira un jour de cette situation merdique ? demande Sammy.

Je tire l'édredon rose vif sur ma tête.

— De toute façon, je ne vivrai pas au-delà de vingt-cinq ans.

Sammy pousse la musique plus fort.

— Chouette, il te reste encore cinq ans de vie merdique…

Nous restons un moment en silence. Elle rampe contre moi et souffle :

— À moins que Ben casse sa pipe avant.

Nos dos maigrichons se touchent.

— Faut pas te suicider, Nadia.

Nadia

Si mon père était un chat

— Si mon père était un chat, il serait Karel le chat de gouttière de la télé.

Ma sœur éclate de rire.

— Stop, Nadia, tu es trop culottée, imagine, comment je vais me retenir de rire la prochaine fois qu'il te piétinera les ovaires ?

Les larmes lui coulent tellement elle rigole. Je secoue la tête et aspire le narguilé.

— Mais si tu y réfléchis bien, Papa c'est exactement Karel le chat de gouttière, mais quand il se laisse aller, c'est carrément Karel Ramkat[1].

— Pour quelqu'un de terriblement gueularde comme toi, tu devrais vraiment cogner cet homme-là, rétorque-t-elle, comme si elle me reprochait l'obsession de mon père à me frapper.

Depuis que je ne pleure plus, les rossées se font plus cinglantes. La dernière fois, je suis rentrée cuitée à la maison. Ma cousine et moi avions vidé une demi-bouteille de vodka, après coup j'avais avalé trois somnifères. À peine la porte franchie, mon père m'a attrapée par la manche de mon sweatshirt à capuche et m'a tirée tout le long du couloir jusqu'à la cuisine. Son ring de boxe. Je crois qu'il appréciait de me voir le supplier d'éteindre les lumières fluorescentes dans cette pièce blanche. Mais ce jour-là, j'étais pas bien, le

---

1 Félin dans un programme télévisé pour enfants.

moral au plus bas, triste. On venait d'enterrer un de mes potes, et des cantiques me traversaient la tête. Mon père m'a giflée raide, j'ai valsé du frigo jusqu'à l'évier, et je chantais « Brillamment, l'amour du Père ».

Quand je me suis levée le lendemain, je ressemblais à Quasimodo. Ma sœur est entrée dans la chambre, m'a dévisagée et a éclaté en larmes. Elle a couru à la cuisine chercher un petit couteau à fruits. Ma mère a planqué tous les couteaux pointus. Elle a une peur paranoïaque que je perde la boule et que je tue tout le monde. Mon père se trouvait au garage, dans sa voiture, à écouter du jazz. Ma sœur a crié « Je te déteste, tu ne vas pas réduire chaque fois Nadia en bouillie, je vais te montrer, connard ! ». Ma sœur a cinq ans de moins que moi. Elle est petite et menue, elle a un minois de bébé phoque, mais sa bouche est plus grande qu'un trou noir et plus sale qu'une poissonnerie.

Elle est revenue dans la maison, pleine de sang, ma mère l'a prise aux épaules et l'a secouée :

— Qu'as-tu fait ?

Elle a calmement poursuivi son chemin :

— Il doit en avoir plein le dos de moi.

Ma sœur lui a flanqué treize coups de couteau, assez profonds pour que ça donne un tableau épouvantable et traumatisant. Mais pas assez pour que ce soit vraiment grave. Il est resté le week-end à l'hôpital. Quand ma mère et lui sont rentrés le dimanche soir à la maison, ma sœur et moi regardions la télé sous mon édredon rose. Ils ont regagné directement leur chambre. On regardait *Pulp Fiction.* Ma sœur a posé sa tête sur mon bras :

— Change de programme, je n'arrive pas à suivre, je ne rentre pas dans ces personnages.

J'ai pris la télécommande par terre.

— C'est bon, ce n'est que du Freddy Krueger pour blancos futés qui portent des chemises à carreaux.

Nadia

Montez, les p'tits singes

Nous avons tous dormi dans la maison de tante Daphnée, sur le parquet du salon. Ricki-le-Taxi vient nous prendre à cinq heures du matin. Le trajet jusqu'aux funérailles dure cinq heures, mais Ricki aime s'arrêter le long de la route. Il faudra donc certainement rajouter deux heures. La plupart d'entre nous avaient pris leur bain la veille et se sont habillés pour le voyage. Sauf Sammy qui a ses règles et se reprend une douche.

Ricki klaxonne dehors, cela donne un air de mariachis. Tante Daphnée arrive dans l'entrée avec une énorme glacière, pleine d'œufs durs et deux grands pains déjà beurrés.

— Vous pourrez vous acheter à boire en chemin, dit-elle en me collant la boîte dans les mains.

L'odeur des œufs me monte au nez, je fais la moue, Daphnée me jette un regard noir.

— Allons, allons, grouillez-vous les miches, ajoute-t-elle en se séchant les mains sur son tablier.

Il fait encore sombre et froid, la brise me prend au nez, j'éternue.

— Nadia a éternué sur les œufs, lâche Xavie, ils sont désormais immangeables.

Tout le monde rigole.

Ricki-le-Taxi agite ses clés.

— Montez, les p'tits singes, c'est l'heure, la route est chargée.

Il prend le ton insupportable des vieux oncles métis.

Xavie

Mademoiselle Rottenfessière

Tante Daphnée est la plus âgée des sœurs, la plus petite aussi. Elle est menue, et portait dans son enfance une épaisse et longue chevelure noire. Elle est née habillée d'une jupe écossaise, de bas de laine et d'un chandail chaud et chamarré. C'est la tante qu'aucun de nous n'aime. Y compris ses propres enfants. Daphnée est sèche, elle nage en petite culotte. Si vous demandez à quiconque s'il connaît Daphnée, il vous répondra oui, juste pour éviter d'avoir à la décrire. Elle ressemble à mademoiselle Rottenmeier. Quand ma famille parle d'elle dans son dos, on la surnomme Fräulein. Le mari de Daphnée est un Blanc, je le déteste. Ses yeux bleu pâle comme la lumière du petit jour, sa calvitie est exactement celle de Frederik de Klerk. La voix de Daphnée est un croisement entre un miaulement et un cantique entonné par un ivrogne. Daphnée appartient à un temps simple. Une époque où Jésus-Christ n'était pas un juron. Daphnée est sa propre aïeule. Quand elle prie, ses prières montent directement chez le Seigneur. C'est le genre de femme qui a pris un mari blanc sous l'apartheid pour se faire reclassifier « métisse à peau claire ». C'était le premier connard transracial au monde. Tante Daphnée a imposé son mari à la famille comme un violeur sa bite à sa victime.

Xavie

Tout bonnement violent

— Évidemment, c'était horrible, sourit le Dr. Branom. La violence est une chose très horrible. C'est ce que vous êtes en train d'apprendre. Votre corps est en train de l'apprendre.

Anthony Burgess, *L'Orange mécanique*

— Ton problème, Taakie, c'est que tu es violent, tu te bagarres contre tout, affirme Sammy d'un ton sentencieux.

Taakie lève les épaules.

— Si tu le dis.

— Sammy, ferme ta gueule, occupe-toi de tes oignons et de tes MST.

Nadia brise l'assurance de Sammy.

— Tu es grossière, pas étonnante que ton père te batte si souvent, aboie-t-elle.

— Ok, ma grande, tu veux qu'on s'y mette ? demande Nadia, toujours prête à en découdre.

Décidée à foncer, comme la police antiémeute. Sammy et elle se battent depuis toutes petites, Sammy a toujours le dessous, car il lui manque la rage bouillante de Nadia. Elle croit trop en elle. Nadia saute sur ses pieds, soulève Sammy par le cou et la cloue contre le mur. Sammy ressemble à un tableau accroché de travers.

— Tu es que dalle à mes yeux, Sammy, lâche-t-elle d'un ton doux et calme.

Sammy gigote et se détache des griffes de Nadia.

— Tu es une putain de brute, espèce de garce, dit-elle en posant les pieds par terre. Putain de psychopathe.

Elle tousse pour retrouver son souffle.

Nadia se jette sur le lit, allume une cigarette.

— Nique ta mère, Sammy, siffle-t-elle en rejetant la fumée.

Sammy se frotte le cou, ses yeux sont pleins de larmes qui ne tombent pas. C'est l'attitude la plus triste que s'autorisent les filles de ma famille. Elles pleurent intérieurement. Sauf Nadia. La seule fois que je l'ai vue pleurer, c'est le soir où mon grand-père ne l'a pas reconnue. Le soir de sa mort. Il était déjà parti dans les vap' et ne reconnaissait plus personne. Mais quand Nadia a pénétré sa chambre d'hôpital pour le saluer, bon-papa s'est redressé :

— Bonjour, qui êtes-vous ? Quelqu'un de Bokvallei ?

Tante Tina a galopé derrière Nadia, l'a agrippée aux épaules et lui a expliqué qu'il perdait la boule et ne remettait plus personne. Nadia s'est mise à haleter, puis à pleurer : tout le monde a été frappé que le petit doigt du diable à son bon-papa pleure de la sorte, ça nous a tous bouleversés. Voir pleurer quelqu'un qui ne le fait jamais, ça rend tellement triste qu'on se met à pleurer à son tour.

Xavie

Des enfants qui chantent à l'enterrement

— Enterrer un enfant n'est pas une chose naturelle.

Le pasteur parle afrikaans avec un accent anglais laborieux. Il décide de poursuivre son sermon en anglais. Ça a le même effet que Google traduisant un site web russe. Le contenu est en mauvais anglais, flanqué de publicités et de bannières encore en russe.

— Comme ce cantique que nous venons de chanter, « Never Failed Me Yet », mais, bien chers frères, nous ne devons pas mettre en doute la volonté du Seigneur. Sa volonté sera faite, un point c'est tout. Nous ne devons pas mettre en doute le travail du Seigneur, nous devons l'accepter comme la foi. Le Père ne perd pas son temps, il prend les bonnes décisions à tous les coups. Jésus, c'est le Seigneur ! Amen ! Maintenant je demande aux enfants de s'avancer et de rendre hommage à leur cousine Tasha.

Nous nous levons. Pour la première fois, je me rends compte qu'il fait très froid dans cette église. Nous grimpons sur l'estrade, quelqu'un enclenche la musique enregistrée. Nous entonnons un gospel.

Des enfants qui chantent à l'enterrement, c'est la pire des manipulations. Mais des enfants qui pleurent tout en chantant à l'enterrement de leur cousine, c'est carrément cruel. Je nous sentais nous recroqueviller dans les plis de nos mémoires.

Nadia

Qui a passé l'arme à gauche ?

L'oncle Cannettes pénètre dans la pièce, comme Kramer dans *Seinfeld.*

— Qui a passé l'arme à gauche ? demande-t-il, alors que nous sommes entassés dans le salon de la maisonnette de ma tante.

Il porte des chaussures pourries et pue comme un clodo sorti d'un parc.

— Ta gueule, cochon, lance ma mère en le tirant par le col dans le couloir.

J'ai l'impression de me trouver dans une de ces sombres comédies britanniques, où tous ceux qui nient l'intérêt de la vie trouvent drôle son dysfonctionnement délibéré.

Je me lève pour aider ma mère à éloigner l'oncle ivre. Les gens dans le salon ne bougent pas, tristes et lugubres. Mon grand-père est mort, l'ampoule faiblarde. Je sens la colère monter. Non pas une colère contre quelqu'un ou quelque chose, mais une colère qui se niche dans le sang, comme de la sueur sur le bord d'une baignoire.

Après avoir couché l'oncle, j'essaie de retourner au salon. Mais tout un groupe de Vieux Apôtres ont envahi la pièce, tels des corbeaux. Rien ne rend plus triste un instant déjà cafardeux qu'un chœur de Vieux Apôtres[1]. Tous ces hommes

---

[1] Les Vieux Apôtres est l'autre nom de « Ou Apostoliese Kerk », littéralement « vieille église apostolique », une mouvance forte d'un million et demi de fidèles en Afrique du Sud et largement considérée comme une secte.

ont peu ou prou la même taille, ils ont l'air presque tous beaux. Peau brun foncé, blazer marron, je flashe peut-être sur ça, je sais pas. J'essaie de ne pas manquer de respect aux Vieux Apôtres. Ma mère m'a dit : « Reste à l'écart des Apôtres, ils picolent le dimanche et prient les yeux ouverts. » Ma mère déteste qu'on prie les yeux ouverts.

La famille élargie de mon grand-père appartient à une autre église. Une bande de cinglés, je suis certaine qu'ils nous considèrent avec mépris. Ils battent des mains et sont fous de Jésus. Les quelques membres de ma famille qui croient au pentecôtisme feraient passer les illuminés de Jonestown[1] pour des non-croyants. Pour Jésus, ils boiraient du cyanure sans édulcorant. Mais la religion est presque leur meilleure part : ils n'interviennent que lorsque Jésus entre en scène, le reste du temps ils se laissent aller façon-façon. Comme maintenant. L'oncle Cannettes fait l'idiot aux funérailles de mon grand-père. Il n'y a que ma mère et moi pour essayer de l'arrêter. Tous les autres restent assis comme des connards et attendent leur tour, comme à l'accueil d'un hôpital public bondé.

Après l'enterrement, ma mère nous envoie, Xavie et moi, déverrouiller la porte de Cannettes. Son litron dépasse de sa poche, il est en pleine post-gueule de bois. Il pleure larmes et morve en pensant à son papa.

Xavie et moi sommes les dernières personnes que vous souhaiteriez voir surgir au cœur d'un chagrin d'ivrogne. Je le prends par les pieds, Xavie par les bras, nous le tirons vers la salle de bains, le balançons dans la baignoire et laissons couler l'eau. Il se prend des gifles de Xavie sur la tête et les jambes. Tout en laissant libre cours aux larmes. Je m'assieds sur les toilettes et je rigole parce que je suis méchante.

---

[1] Lieu du massacre et du suicide collectif d'une secte au Guyana en 1978.

Xavie ramène de la chambre des vêtements propres pour Cannettes, il lui tartine le crâne de shampoing. Il lui dit :

— Lave-toi, habille-toi, bonne-maman revient bientôt et va te châtaigner si tu n'es pas prêt.

L'oncle Cannettes crie entre deux coulées de larmes.

— Vous êtes deux petits salopards, vous m'avez frappé, saligauds. Je ne suis pas bourré, je sais bien ce qui se passe.

Xavie et moi éclatons de rire.

— Désolé, l'oncle, mais faut faire vite, car bonne-maman ne donne pas que des gifles, elle cogne sur la tête, rigole Xavie pendant que nous nous éloignons de la salle de bains.

Xavie

Soyez prudents avec ceux qui ne veulent plus vivre

Sammy a appris à mentir comme ma grand-mère. Ces jours-ci, elle ment même quand ce n'est pas nécessaire. Si l'on tirait une flèche à travers ma grand-mère, Sammy tomberait à terre tellement elle lui colle à la peau. C'est logique, car Sammy est la fille de Daphnée, et Daphnée est le pire produit de ma grand-mère. Rien n'est pire que de se voir acculée dans ses mensonges par un tiers. Se faire entortiller dans les mensonges d'une personne, c'est simple comme bonjour. Cela commence par un clin d'œil, la tête qui opine, et l'on se retrouve engluée sans savoir comment se sortir de cette merde. C'est ce que fait Sammy. Elle agit de façon extravagante, et se retrouve au bout du compte en larmes à ne plus vouloir vivre. Il faut être prudent avec les gens qui disent ne plus vouloir vivre, ils mentent. Ils veulent que vous laissiez tomber, ils ont envie de raconter une meilleure histoire.

Ce qui rend les choses plus graves, c'est que Sammy pense qu'en mettant ses pas dans ceux de grand-mère, celle-ci se mettra à l'aimer. Je lui ai dit mille fois, ne te force pas à lui ressembler. Grand-mère est trop toxique. Elle aime Nadia parce qu'elle sait que Nadia ne peut pas la blairer. C'est ça, sa façon d'aimer.

Nous nous forçons à nous aimer dans notre famille, parce qu'on pense qu'il s'agit d'un bon comportement à adopter. Pas la peine. Notre famille, ce sont juste des gens qui partagent leur ADN. Ça ne suffit pas. Nous pouvons tous choisir ce que ça signifie à nos yeux. En ce qui me concerne, je choisis des gens qui m'ont choisi : Nadia, Dali, Taakie et Rustig. Ma mère, c'est ma mère, un lien sentimental, on y peut que dalle. Ma grand-mère, encore une femme que je dois respecter parce qu'elle est vieille. En vérité, c'est pas nécessaire d'aimer sa famille, c'est pas un devoir. Je pense que les gens, dans leur majorité, s'ils réfléchissaient sérieusement, admettraient qu'ils n'aiment pas vraiment tous ceux qu'ils devraient aimer.

Sammy, je trouve, joue sur trop de cordes. Elle veut être la fille respectée de sa mère, mais aussi une petite Blanche libérée. Maintenant qu'elle grandit, elle veut capter l'attention de notre grand-mère, mais celle-ci n'accorde son attention qu'au compte-goutte. Récemment, la rumeur a couru que Sammy sortait avec une copine blanche. Un des petits-enfants a cafardé auprès de bonne-maman. Du coup, Sammy a juré ses grands dieux qu'il n'en était rien et s'est même risquée à expliquer à la grand-mère tout le spectre de la sexualité. Mais ce n'est pas passé. Alors Sammy s'est épanchée sur les cuites de Nadia. Ce fut son erreur. Médire de Nadia auprès de ma grand-mère, c'est du blasphème. Sammy a beau être de grande taille, bonne-maman l'a frappée avec ses sandales dures et dégueulasses. Sammy en est ressortie le minois tout rose, devant sa mère et nous tous qui étions assis dehors. Nadia lui a demandé ce qui s'était passé, et Sammy a hurlé :

— Ta putain de grand-mère est une salope, je la déteste.

Bonne-maman sous le porche s'est avancée de son pas traînant caractéristique, et l'a giflée aussi sec.

— Tu me détestes, voilà, je te donne une bonne raison de le faire, a-t-elle grogné de sa voix rauque.

Depuis cet épisode, Sammy est devenue sacrément humble, voire même un chouïa plus aimable avec Nadia.

Christina joue avec la tasse de thé pendant qu'Edward fore un trou dans le tapis.

— Jirre, *Stina, cette vieille femme m'a juré que les enfants étaient morts. Je n'ai couché qu'une fois avec Diana. C'est pas que je ne le voulais pas. Mais elle y tenait terriblement. Elle m'a dit que je n'étais pas le premier... J'étais fou d'elle... Le ciel m'entende, je l'aurais amenée ici et je l'aurais épousée. Mais le soir où ton père m'a boxé, j'ai su que je devais mettre les voiles. J'ai revu une fois Diana avant de m'en aller, elle m'a dit qu'elle ne m'attendrait pas, parce que je n'étais pas un homme.*

Il s'assoit sur la chaise face à Christina.

— *Cette affaire me donne envie de vin, ce ne serait qu'un coup de canif, cela fait presque un an que je ne bois plus.*

Christina dépose sa tasse et soupire.

— *Edward, il faut m'accompagner à Santekraam, je ne vois pas d'autre solution. Diana n'est encore qu'une enfant. Tu es le père, tes enfants doivent te connaître. T'as couché une fois, une seule fois et tu te retrouves coincé, mais il y a tout de même deux putains de bébés.*

Edward frotte son crâne chauve avec véhémence.

— *Stina, je le sais. Mais laisser ici mes proches, c'est sacrément difficile. Ma mère est vieille et les Boers sont pingres. Si je la laisse seule, qui s'en occupera dans le township ?*

Christina regarde Edward en silence, s'éclaircit la voix.

— *Edward Kompela, je te répète que Diana est à Santekraam, seule avec ses bâtardes, deux fillettes. Des filles, c'est une fierté dans votre culture, n'est-ce pas ? J'ai fait tout ce chemin parce que j'ai pensé que tu agirais en homme pour Diana. Mais si tu choisis ta mère plutôt que tes enfants, je ferai en sorte que tu ne poses plus jamais le pied au Cap.*

Christina se lève, passe la porte, s'approche de la haie en fil de fer.

Edward la suit.

— Stina…, dit-il calmement.

— Stina mon cul, mec, hurle-t-elle en ouvrant le portillon. J'ai fini de parler. Que tout se passe bien pour toi.

Elle descend la rue, vers le vieil homme adossé à la voiture.

Edward la regarde s'éloigner.

— Jirre, *Stina, tu viens remuer mon univers déjà complètement foutu, murmure-t-il par-devers lui.*

Nadia

Hatchespout

Dali a hérité de la plus jolie petite fille que j'aie jamais vue.

— Panty, c'est un diminutif pour pentecôtiste ? demande-t-elle pendant que Dali lui fixe sa houppette au sommet du crâne.

— Non, Hattie, ma fille, les pentecôtistes sont des gens qui vont à l'église.

Dali rit fort.

— Papa, ne m'appelle pas Hattie, mon nom c'est Hatchepsout McKinney, se plaint-elle, son unique incisive lui mange le visage.

— Désolé, mon bébé, Hatchespout.

— Hatchep-sout, Papa !

Les mots lui tombent de la bouche tout en riant.

— Ok, ok Hatche-psout.

— Grand-mère n'arrive pas à prononcer mon prénom, Papa, elle dit juste « viens ici petite je-sais-tout ».

Je suis assise sur le canapé dans le coin du salon et je bois du thé froid. Hatchepsout doit son nom à une pharaonne d'Égypte, mais l'employé l'a mal orthographié sur son certificat de naissance. C'est drôle, tous nos prénoms ont été mal écrits. Mon certificat indique Nadija Sara Joi McKinney. Chaque fois que je le vois, ça me fait drôle, car ce n'est pas mon vrai prénom. Je me sens comme mon prénom, mal écrite.

J'observe Dali en tant que père : tout ce qu'il fait est lent et doux, comme une *calçada* portugaise, ces pavements décorés de Lisbonne. Un homme qui crée de belles choses sur le sol, sachant qu'on viendra les piétiner, c'est un être spécial. Dali porte sa jeune paternité comme une cape de superhéros. Il a sauté l'adolescence. Son enfance était une torture, il a su que s'il n'élevait pas un enfant, il finirait mal.

— Moi aussi, les gens ne m'appellent pas par mon prénom. C'est Salvador, mais mes copains me nomment Dali.

Dans mon coin, je roule des yeux.

— On t'a appelé d'après le peintre surréaliste Salvador Dalí, je dis.

Dali rit.

— Pas étonnant que j'aime la peinture. La différence c'est que ce gars faisait de l'art, moi je peins des maisons.

J'ajoute :

— Salvador Dalí était un sacré salaud, tout comme Picasso.

— *Jirre*, Nadia, je ne connais rien à l'art, je sais que Picasso est une sorte de voiture.

Dali fait exprès d'être ignorant, il est en fait bigrement futé. S'il ne s'intéresse pas à un sujet, il s'en moque. Dali a terminé l'école un an avant le reste de sa classe. Il a survolé son institut de technologie, et le jour même de son diplôme il a trouvé un emploi. Électricien, il a abouti dans une grande entreprise du bâtiment. Son patron l'aimait bien et l'a bien formé. Quand sa copine est tombée enceinte de Hattie, ils ont acheté une maison et Dali a obtenu des contrats pour des travaux de peinture dans des hôpitaux.

Ma mère a constaté : « Dali reçoit ce qui lui revient dans la vie. » Elle dit cela parce qu'elle ne connaît pas Dali comme je le connais. Tous ceux qui ont été ballottés dans leur enfance, malmenés comme moi, cherchent quelque chose qui leur appartienne, une possession inviolable. Dali ne cherchait qu'une famille à lui. Sa copine l'a déjà quitté deux fois. À chaque fois elle revient, la queue entre les jambes, car elle sait que Dali fait partie des meilleures personnes sur terre. Même si sa vie est fastidieuse, il a reçu ce qu'il voulait, et non quelque chose qui lui serait tombé dessus. Le seul truc qui lui ait été donné, c'est son bébé, car il en est gaga. Quand je les vois ensemble, je mesure combien nos pères nous ont pourri la vie.

— Je me demande, dit-il, où ma mère a pu dénicher mon prénom. Certainement dans une revue d'art chez ses employeurs.

Tante Diana travaillait dans un hôtel quand elle est tombée enceinte de Dali. Ma mère a dit : « Diana se trouve un boulot comme un dragueur se chope une MST. Elle entre quelque part et trouve un job. » Cette façon de faire lui réussissait bien.

Dali soupire un bon coup. Nous nous levons pour aller fumer sur le *stoep*. Hattie déboule en courant pieds nus.

— Toi, toi, toi, va mettre tes chaussures, recommande son père.

— Vamettetésaussures, l'imite Hattie.

Je lui souris, elle me répond en soufflant un cœur dessiné par ses petits doigts boudinés.

— Nadia, ma vieille, je fonds devant elle, dit Dali en l'aidant à enfiler ses sandales. Personne ne m'aimera autant que ma pitchoune, personne ne me réconfortera mieux d'un chagrin que ce bout de chou. Personne. Il se passe quelque chose dans ta tête quand tu élèves une enfant. Surtout quand tu n'as jamais rien eu qui t'appartienne. Tout petits, les enfants sont à toi. Sont une part de toi. Et quand ils grandissent, tu espères que tu as semé suffisamment de bonnes graines pour qu'ils ne se mettent pas à déconner. C'est comme ça. Un enfant, ça t'aime sans savoir pourquoi. C'est ce que ma mère a raté. Indépendamment de tout ce qu'elle entreprend, elle détient une part de moi-même que je ne peux pas récupérer. C'est tout ce que je recherche, Nadia, cette part que détient Diana, je veux la retrouver.

Je contemple Dali en silence. Ce qu'il ne sait pas, c'est qu'il est parmi nous celui qui a récupéré cette part de sa mère. Il parle de sa mère comme s'il en avait fini avec elle. Moi, je parle de ma mère comme si j'attendais qu'elle vienne me chercher à Groenplaas.

Nadia

Steri Stumpie[1]

Nous roulons depuis des heures. Toute la petite classe est endormie. Une de ces longues routes sèches à travers des montagnes massives et des vallées profondes.

— Tu crois que tu pourrais vivre ici ? me demande Rustig entre deux bâillements.

Xavie répond à ma place :

— Nadia pourrait certainement vivre dans ces montagnes alentours, elle vient de la ferme, elle survivrait. Taakie ne resterait pas plus de deux heures, car il a les chocottes à l'idée d'être seul. Sammy ne l'envisagerait même pas, car il n'y a personne pour lui prêter attention. Dali ne tiendrait pas sans télé, il est trop accro à M-Net… Et moi, je m'ennuierais et je me ferais sauter le caisson.

Nous regardons Xavie qui glisse toujours entre les mots des allusions au suicide, telles des conjonctions de coordination. À dire vrai, c'est probablement la seule chose que je déteste chez Xavie. Il peut se montrer arrogant sur des sujets dont nous autres avons trop peur de parler. De sa courte vie, de sa mère nerveuse, de son père mort. De tous ces trucs qu'il faut gérer chaque jour, Xavie extrait le plus lourd et s'en empare : la mort, la violence. Deux thèmes que nous autres sommes trop peureux pour aborder.

---

[1] Marque sud-africaine de lait aromatisé.

Je soupire un grand coup et tourne ma tête vers la vitre pour concentrer mon regard ailleurs. Xavie prend une gorgée de sa bouteille de Steri Stumpie et le silence retombe.

Nadia

Tunnel à péage

Nous nous arrêtons au tunnel à péage.

— Hé, qui va payer pour ça, grogne Ricki-le-Taxi, ça ne fait pas partie de mon budget.

Taakie sort son portefeuille et jette à Ricki un billet de cinquante rands tout froissé.

— Un instant, mon vieux, dit Ricki, je ne suis pas un chien, tu n'as pas à me balancer l'argent de cette façon.

Je tire ma bouche de travers et roule des yeux, sarcastique :

— Qui es-tu donc pour qu'on te passe l'argent sur un plateau ?

Ricki me regarde avec son expression de pervers.

— Viens t'asseoir à l'avant à côté de moi, et je te montrerai ce que je fais des enfants insolentes.

Dali me jette un œil embarrassé et se redresse :

— Toi, Ricki, qu'est-ce que tu essaies de faire ? Si tu racontes encore des conneries à Nadia, je te pète la gueule, mon vieux.

— Non, *jirre*, c'est juste une blague, qu'est-ce qui vous prend ? Vous êtes trop jeunes, vous ne supportez pas la moindre putain de blague.

— Faut pas lancer des blagues débiles, mon vieux, tu es un adulte, siffle Rustig, qui tient un des enfants endormis dans ses bras.

À l'intérieur du tunnel, on se retrouve comme dans un clip de pop British du début des années 2000. L'odeur d'essence et l'air chaud me grisent. Je contemple le crâne de Ricki et j'imagine les sacrés coups de marteau que je pourrais lui flanquer, au point que le sang nous retomberait dessus.

Nadia

Sauf mes cousins et bon-papa

Les hommes racontent des blagues de merde. Au fond, les hommes pensent qu'une femme est un objet. Je crois que je déteste les hommes. Sauf mes cousins et bon-papa. Ils sont probablement débiles, eux aussi, mais avec moi ils sont ok. Je ne sais pas comment ils se comportent avec les autres femmes. Pour une femme, rien n'est plus déprimant que la négligente victoire d'un mâle. Les hommes en font le moins, et peuvent recevoir le plus. Le pire, c'est qu'ils croient qu'il est dur d'être un homme. Sûr, c'est difficile pour eux, c'est pourquoi ils nous mènent la vie si dure.

Xavie

Vaste mensonge

Au bout du compte, tout est un vaste mensonge. Quand il y a trop de gens dans une famille qui planquent leurs histoires merdiques, c'est impossible de tout suivre. Tante Diana est enterrée, tante Maria est enterrée. Tante Daphnée est hors circuit depuis longtemps, même si elle vit encore, ma mère conserve sa droiture et nous – les cousins – nous vieillissons. On ressemble de plus en plus à nos parents. Taakie pense qu'il a réussi à gommer sa mère, mais chaque jour dans ses actions, dans ses aspirations, il lui ressemble de plus en plus.

Nadia

Pink Freud

— Nous ne pouvons plus nous marier par amour, faut te chercher un homme qui a les moyens, sinon tu finiras par avoir des problèmes comme ta mère.

Sammy parle comme si ma mère n'avait pas épousé un monstre, elle pousse le bouchon en sous-entendant que ma mère a épousé mon père par amour. Je ne peux pas la laisser dire, sinon on va se bagarrer.

— Je ne me préoccupe pas d'un mari, je dis, clairement offensée. Tu es obsédée par Jaimie, ce gamin aux cheveux gominés. Je peux pas l'encaisser, avec son rire à la noix.

Je me lève et quitte ma place devant le radiateur où je faisais sécher mes socquettes scolaires. Je fouille dans l'armoire de Sammy à la recherche d'un chandail ; je l'enfile sur ma chemise à carreaux.

Sammy fait partie de ces gens qui m'énervent le plus. Grande, maigre, une tonne de maquillage, creuse. Quand elle me parle, je sens monter un grondement dans ma tête, comme dans les films juste au moment où un personnage va se faire renverser ou empoisonner. La fillette de la tante Daphnée, l'ange aux yeux bleus dans cette famille de démons abâtardis.

Le jour de ses dix ans, son souhait fut de devenir anglaise. Tante Daphnée s'est rendue à l'école le lendemain et a mis Sammy dans une classe anglaise. Elle a joué à l'Anglaise jusqu'à ce qu'elle bousille ses cheveux à l'issue d'une session de blanchiment au peroxyde. Depuis lors, elle est revenue glander avec nous. Quand ses cheveux ont repoussé, elle est redevenue anglaise. Selon Sammy, tout ce que nous faisions était ghetto, *gam*, métis. Ses copines étaient des Métisses anglophones aux cheveux lisses et plutôt riches. Même si elles venaient des banlieues glauques.

— Il ne faut pas faire confiance aux Métis qui emploient des bonnes. Ils sont sales et parlent un anglais de merde, reste à l'écart, ma fille, ils sont pires que les Boers. Ils nous méprisent, ils vivent dans les nuages.

La seule cible de ma mère, ce sont les Métis anglophones. Elle affiche à leur égard une condescendance que j'aimerais avoir. Elle imite constamment son chef au travail : « Ainsiiii donc, ne m'appelez pas slamique. Slamique, c'est un genre musical. »

L'obsession de Sammy, c'est de devenir une Métisse blanche, au point qu'elle s'est mise à écouter David Bowie et Pink Floyd puis à chanter les paroles. Alors que le reste d'entre nous, nous écoutons Tupac, Puffy & Mase, Oasis et The Verve. Elle est convaincue que les Métis anglophones sont meilleurs que nous autres, qui parlons un mauvais afrikaans avec un accent.

Nadia

Étant moi-même un ancien garçon de ferme,
les poules qui rentrent au poulailler
ne m'ont jamais rendu triste ;
cela me rend toujours heureux

Meghan, la sœur de Sammy, s'est mariée, et ça n'a pas été la fin du monde. Beaucoup sont allés à l'enterrement à midi juste pour se montrer, ils se sont barrés sans se soucier du repas. Moi, dans mon ensemble en organza rêche, j'ai attendu que Xavie et Dali arrivent pour essuyer mon fond de teint, j'ai enfilé mon t-shirt Marilyn Manson effiloché et mon pantalon de jogging. Ma mère m'a jeté un regard de travers quand je suis passée devant elle.

Le moment le plus drôle de la journée, c'est quand la mère du fiancé a fait son discours avec son accent du Namakwaland et a salué Meghan en lui donnant du « vieille fille ». Une fois de plus, tante Daphnée s'est exprimée dans son mauvais anglais. La famille du fiancé a rigolé.

Le soir, nous étions dehors en train de fumer quand Sammy est venue s'asseoir parmi nous, et s'est mise à parler avec un faux accent du Namakwaland.

— J'aimerais bien un kâwâ et du pain bîîs.

Comme personne ne répondait, elle a rétropédalé :

— Ces gens du Northern Cape ont un parler intéressant, non ? C'est original, j'adore vraiment leur accent.

J'ai froncé les sourcils et continué à fumer.

Dali a secoué la tête :

— T'es une pouffe vraiment dingue, Sammy, ces gens-là vous détestent, ils pensent que vous êtes des Métis stupides. La belle-mère s'est bien foutue de la gueule de Meghan, mais ça, tu le captes pas, t'es trop anglaise.

Nadia

Vieille bique stupide

Ma grand-mère entasse mes vêtements comme si je l'avais blessée de façon impardonnable.

— Ne crois pas que j'oublierai ce jour. Tu choisis de retrouver ta mère, après que je me suis laborieusement occupée de toi.

Elle m'injurie comme si j'étais un mec de quarante ans qui quitterait sa copine pour retourner dans sa famille. Elle m'a déjà frappée six fois avec son torchon mouillé. Tout ce que j'ai dit, c'est que je voulais habiter chez ma mère. Ma mère m'a demandé si je le voulais.

En fait j'entends tout ce que ma grand-mère n'arrive pas à me dire : elle va se retrouver seule. Je vais lui manquer, mes coups de main vont lui manquer. En effet, j'abats pas mal de travail, et en plus, je suis la seule personne qui peut encore lui donner le sentiment d'être une mère.

Mes cousins et mes cousines ont été élevés différemment. Ils la cajolent, la considèrent comme une vieille bique stupide. Quand elle jure, ils trouvent ça très marrant. Je ne pense pas de même, ma grand-mère c'est un peu ma mère, je l'aime, mais elle est trop mesquine, et je sens bien qu'elle est en train de me rendre mesquine à mon tour.

— Tu n'es pas ma mère, avait crié Sammy, tu me parles pas comme ça.

C'est l'instant où l'univers de ma grand-mère a basculé. La bulle de silence et de respect non mérité a éclaté doucement.

Comme une toile d'araignée. La veuve noire s'était retrouvée face aux éléments. Nous avons marqué la fin de son monde, la fin des grands-mères, des enfants, la fin d'une mise en condition toxique. J'en fus triste pour elle, car le monde l'avait déjà rejetée, elle n'avait déjà pas beaucoup compté, à présent on anéantissait sa seule ligne de vie digne.

— Retiens une chose, Nadia, me crie-t-elle. Le jour où Christina ne sera plus là, tu t'en prendras plein les gencives. Ta mère est faiblarde, elle ne vivra pas longtemps, je te le dis.

Nadia

Mort-née

De tous mes cousins et cousines, c'est moi qui ai le plus de chances de finir en prison ou dans un asile d'aliénés. Ma grand-mère dit que je suis le plus grand gâchis jamais rencontré chez une petite personne. Quand je suis née, je suis restée morte quelques minutes. Selon bonne-maman, c'est à ce moment que le diable m'a renvoyée sur terre.

Et donc, je suis petite, grossière, je ris quand quelqu'un se fait mal. Le reste du temps, je suis en colère. Mes cousins passent me prendre quand ils vont chercher la bagarre. Quand je me bats, je cogne la première. Si je vois mon sang couler, les autres crient : « Maintenant ça va chauffer, Nadia voit rouge. » C'est une bonne raison de croire à mon cinéma, mais je trouve drôle que les autres aient peur de moi. Mon envie d'en découdre est feinte, je suis un être terriblement peureux. Mais finalement, si l'on a peur pendant des années, cette crainte finit par se transformer en autre chose. Les gens pensent que je suis sans crainte. Je pense au contraire que ma peur est si grande qu'elle me met en pilotage automatique, la crainte me domine, l'espace dans lequel je dois voler est trop incertain, dangereux, donc je me bats.

Edward descend de sa voiture devant le portail du domaine agricole. Un homme sort du poste de sécurité avec un porte-bloc.

— Oui, chef, dit le gardien d'un ton jovial.

Edward le salue de la main.

— Oui, mon frère, dois-je signer la feuille ?

Edward prend un accent métis exagéré.

L'agent lui indique où il doit signer. Edward remonte dans sa voiture, le gardien lui ouvre la barrière. Cela fait vingt ans qu'il n'est pas venu à Groenplaas. Il roule sur les gravillons le long des pommiers. Le chemin fait une fourche. D'un côté on va vers le cantonnement, de l'autre vers le lieu où habitaient les Bruns. Aujourd'hui Noirs et Bruns habitent ensemble. De l'autre côté de la retenue d'eau ne reste plus qu'une famille blanche. Le cantonnement est à l'abandon. Edward slalome entre les maisons, il aperçoit le saule qui se dresse comme un géant des temps anciens. Il sort, ramasse le bouquet de fleurs sur le siège passager et le rectifie. Il se retourne, Christina se trouve sur les marches du stoep. *Il s'avance lentement.*

— Oui, Stina, tu te souviens encore de moi ?

Il est gêné.

— Jirre, *Edward, ça fait des lustres, soupire-t-elle. Mais enfin, te voilà, j'espère que l'esprit de Diana plane encore un peu par ici, que tu le respires et l'emportes avec toi.*

Elle ouvre les bras, Edward, une main sur la bouche, se réfugie dans cette accolade.

— Je sais que j'ai agi comme un lâche, Stina, mais comment pouvais-je faire autrement ? Je n'avais pas envie de mourir, et c'est

ce qui me serait arrivé au Cap. La mort m'attendait et m'a rendu couard. Je ne suis pas venu pour les enfants, je ne les connais pas, elles ne me connaissent pas. Je suis ici pour voir Diana, juste pour m'asseoir à côté du tas de sable sous lequel elle repose.

Xavie

Vêtements

— Ça va partir en quenouille, dit l'oncle Cannettes.

Tante Tina lui taille les cheveux avec une tondeuse prêtée. Il a le visage jaune et gonflé à cause de sa cirrhose du foie, mais ses yeux noisette forment de joyeux kaléidoscopes.

Dali pénètre dans la pièce portant une chemise blanche fraîchement repassée et un pantalon noir bien aplati aux coutures.

— Voilà, voilà, tonton Cannettes, ton costume de funérailles.

Cannettes sourit doucement.

— *Jirre*, vous me faites beau pour l'enterrement de Maria.

Son visage vire à l'amer, je vois ma mère se radoucir.

— Ce jeune gars n'avait pas besoin de massacrer Maria si méchamment.

Et les larmes lui tombent des yeux, il les essuie de sa main libre, comme quelqu'un cherchant à récolter des gouttes de pluie. Cannettes est totalement triste, me dis-je. Tout le monde est un peu triste, mais l'oncle est une des premières personnes que je vois complètement affligée. Ses longs cils papillonnent comme du linge dans le vent. Je cherche en moi un coin où je me sente aussi navré.

— Maria était une femme qui a pleinement vécu sa vie, commente le pasteur.

L'église est vide, car depuis des années Maria avait décroché de sa famille.

— On meurt comme on a vécu, continue-t-il.

Tante Maria a été assassinée par son copain. Je me demande si cette phrase a du sens. Elle n'est pas morte comme elle a vécu. Elle n'avait qu'un mec qui la battait. Jusqu'au jour où il s'est tellement fâché qu'il l'a massacrée.

Nadia

Edward, roi du cantonnement

Un silence de mort régnait quand Edward est entré avec son bouquet de fleurs. Dans le couloir, mes cousins, mes cousines et moi sommes restés ébahis :

— C'est lui, Edward ? me demande Dali à voix basse.

— Je pense… Il ne ressemble en rien à ce que j'imaginais, je réponds sur le même ton.

Edward s'avance avec ses fleurs directement vers ma grand-mère. Ma mère le suit, tête baissée. Telle que je connais ma famille, on va avoir droit à une scène énorme, selon la façon dont répondra l'aïeule. Elle trône comme un caïd yakuza rural, une couverture criarde sur les genoux, les doigts tordus sur son ventre. Mes oncles se lèvent les uns après les autres, faisant mine d'aller chercher un objet à l'extérieur, ce sont des poules mouillées qui ne veulent pas s'en mêler. Mes tantes se rassemblent autour de la grand-mère et attendent son signal. Ma mère se place du côté d'Edward, car c'est son style.

Edward se met à genoux devant la grand-mère.

— Madame McKinney, je viens simplement pour rendre hommage à Diana, prononce-t-il, tête baissée.

Dali écarquille les yeux, esquisse un demi-sourire. Il fait vraiment abruti.

Ma grand-mère dégage la place à côté d'elle, l'endroit où Daphnée tricotait.

J'épie Daphnée dont le visage s'affaisse. Elle est l'aînée des enfants de ma grand-mère. C'est donc son droit de siéger à côté d'elle quand la famille se réunit.

Edward se relève et s'assied à côté d'elle. Ma grand-mère est prête à remplacer n'importe laquelle de ses filles par un homme, même si elle ne l'aime pas.

Xavie

Sois belle et prends des baffes

— La place de la femme, c'est derrière son mari. Votre problème c'est que vous voulez dominer les hommes avec toutes vos activités, dit tante Daphnée. C'est pourquoi ils vous bousillent et vous trompent. Vous direz ce que vous voudrez, moi je suis mariée depuis trente ans, je sais ce dont je parle.

Quand elle est de pareille humeur, je sais qu'il s'est passé quelque chose. Elle réagit de la sorte quand on accuse son mari de quelque turpitude. C'est un pervers, toutes les semaines il y a quelqu'un pour venir lui casser la gueule. Il s'enfuit de chambre en chambre et, comme un escroc qui évite les créanciers, il laisse Daphnée se débrouiller avec les gens en colère. Tante Daphnée s'est déjà fait gifler trois fois par des parents qui voulaient coincer son mari.

Elle parle de la place d'une femme derrière son mari, mais son mari est une lopette, il se cache derrière elle.

Nadia

Cantonnement

Rustig, Taak, Xavie, Sammy et moi sommes assis dans le fond du cimetière, loin de la foule. Nous campons sur la tombe d'un vieux Boer des années 1840. Je sors la *dagga*, la passe à Dali pour qu'il la roule. Nous fumons à l'ombre d'une immense stèle. Rustig tousse :

— Nadia, tu es la dernière à avoir ta mère.

Nadia

Encore une mandale

Après le dernier enterrement, celui de tante Maria, Edward s'est installé au Cap. Il est passé du « gars du cantonnement » à « oncle Eddie », belle transformation de la nouvelle Afrique du Sud. Mes cousins et moi étions trop grands pour nous en inquiéter. Comme de la nouvelle dynamique familiale.

Je vais travailler dans un magasin pour rupins au Waterfront. Je méprise ma dépression.

Dali a commencé son business de peinture, il vient de décrocher un gros contrat dans un hôpital. Il a été coffré deux fois pour violence domestique. Fidèle à ses habitudes, il est resté en contact avec moi.

Le jour où Sammy m'a téléphoné pour me dire que notre grand-mère en était à sa dernière extrémité, j'ai pensé : « Tant pis pour cette femme, elle est sacrément âgée. »

Sammy m'a envoyé un tas de photos déprimantes de bonne-maman sur son lit d'hôpital. J'ai jeté un œil et j'ai effacé. Sauf la dernière, où nous figurons tous, encore enfants, moi avec mon front hargneux et ma coiffure cuivre pleine de tresses. J'avais la lèvre gonflée et un œil au beurre noir. Dali en short court tenait dans ses bras Plankie, le caniche maltais. Xavie portait des cheveux longs qui lui donnait un look d'enfant de Bollywood. Taakie souriait, le nez épaté, arborant un t-shirt *Tortues Ninja.* Sammy et Rustig se tenaient la main, riant à gorge déployée. Nous étions tous debout autour de ma grand-mère, cette dame que je n'ai jamais vue sourire. Elle était assise, les mains croisées sur les genoux avec un sourire jaune. Ses yeux bleus scintillaient. Cette posture scie la corde de rage que je porte en moi. Bonne-maman n'existe plus, la femme qui trônait telle une montagne à Groenplaas. Cette grand-mère qui m'a appris à jurer et qui se moquait de moi quand je pleurais, elle n'est plus.

J'ai l'impression qu'on me pousse hors d'un avion. Mais la tristesse pour les personnes décédées ne me touche pas. Elle s'envole comme un sac en plastique dans le vent. Je le regarde s'éloigner, sans être affectée.

Ce qui se rompt en moi, ce n'est pas la tristesse. C'est ma liberté. C'est un petit bout de moi que je n'avais jamais abdiqué. On ne peut être libre que par opposition à l'emprisonnement. Ma grand-mère, ma mère, mon père, mon grand-père, mes cousines, mes cousins, ils m'ont tous conféré ma liberté. Mais surtout ma grand-mère, car bonne-maman se trouvait à l'origine de tout ça. À présent, elle me conduit à la tombe. Elle me consume comme de l'herbe sèche. J'étais stupide de croire que je m'en étais tirée. Aucun d'entre nous n'y est parvenu. Les familles ne sont pas liées par le sang, mais par la souffrance. La longue souffrance de mon enfance, c'est tout ce qui m'appartient, tous les coups, les hématomes ne sont plus que des cicatrices aujourd'hui, tassées au fil des ans. Mon esprit têtu, lui, n'a pas guéri au rythme de ma chair. À présent bonne-maman est morte et j'entraîne mon esprit dans la profonde obscurité de sa tombe. Et merde.

Nadia

Le plus long récit d'épouvante au monde

— Il était une fois, il y a très très longtemps, un homme avec un seul œil…

Mon grand-père commence son histoire tandis que je me trouve, ensanglantée, à l'arrière du break Chevrolet de mon oncle. Tout mon corps me fait mal, ma gorge a tellement gonflé que je peine à respirer. À côté de moi, Xavie pleure, des chiffons sanguinolents autour des mains, il émet un étrange gémissement. Je n'arrive pas à percevoir s'il a eu mal lui aussi. Je ne pleure pas, mes yeux sont secs et lourds.

— Eh bien ! ce type avec un œil avait deux langues, mais pas comme celles d'un serpent. C'étaient des langues d'homme…

Nadia

Toute petite putasserie

La présence d'Edward a gâché toute l'ambiance de l'enterrement. Nous étions partis sur le thème d'une pavane rurale, et voilà qu'arrive l'ancien amant de la personne décédée, jadis rejeté, à présent plein de dignité, avec sa veste en tweed et ses chaussures pointues et ombrées. Ma mère se montre indifférente. Koos semble à jeun. Et faiblard à côté d'Edward.

— Adriana McKinney !

Le pasteur lance son nom comme s'il s'agissait d'une résurrection.

— Nous sommes ici pour t'accompagner à la maison, proclame-t-il, comme s'il s'agissait d'un exorcisme.

Comme s'il ignorait l'histoire de la famille. Diana a été chassée de sa maison de retraite. Comment accompagne-t-on à sa maison quelqu'un qui n'en a plus ?

— Oui, bien chers frères, notre enfant Adriana McKinney s'en va pour la maison du Père éternel. C'est toujours un coup très dur : une mère arrachée à ses enfants. La douleur, au décès d'une maman, est aussi profonde que la nuit obscure. Mais, chers frères aimés, la nuit ne reste pas noire pour l'éternité. L'obscurité se doit de devenir lumière. Mon message, mes très chers : quand on ne voit plus rien dans les ténèbres, quand on ne distingue même pas ses propres mains… Nous connaissons tous ce moment quand les jetons pour l'électricité viennent à manquer, quand la maison est dans le noir complet… (petit rire). À cet instant, très chers, quand l'obscurité nous submerge, je voudrais que vous retrouviez du courage, que vous vous souveniez de Jésus. Au Golgotha, sur sa croix, il a demandé à son Père : « Pourquoi m'as-tu abandonné ? » Bien chers frères, n'est-ce pas une situation inconfortable ? Imaginez, le gars qui a reçu ses ordres de Dieu, qui a un succès fou… Hélas, papa, pourquoi m'as-tu abandonné ? Me voilà épinglé comme une andouille, viens m'aider, mon vieux.

Le pasteur laisse le temps à l'assistance de rire. Je scrute ma mère qui fixe le sol devant elle. Je me demande à quoi elle pense : le curé est-il fou ? Songe-t-elle à Diana ? À toutes les situations merdiques qu'elle a traversées ? À tous les souvenirs qu'elles avaient en commun ? À quoi je penserais si ma sœur devait mourir avant moi, je n'en sais rien. Je me demande même si ma mère est triste que sa jeune sœur soit morte. Je me demande s'il est possible d'être triste pour les morts quand la vie est un délire insupportable. Je me demande : ma mère a-t-elle cessé de compter toutes les fois qu'elle a pardonné pour les querelles débiles de sa famille de cons ? Je l'ai fait, moi. Je les ai tous laissés mourir dans ma tête. Si on laisse mourir les gens qui vous ont blessé, le jour où ils meurent pour de vrai, c'est plus facile à gérer.

Tante Diana, je l'ai tuée quand j'étais toute petite. Elle nous avait emmenées, Zodwa et moi, dans une métairie dégueulasse, où elle allait picoler. Zodwa et moi, on s'est retrouvées dans une maison en bois, inconnue, tandis que Diana s'ébattait dans la pièce d'à côté. On les entendait. Elle est revenue s'asseoir avec nous, les cheveux en bataille, le visage en sueur. Quand, enfant, pour la première fois on renifle la sueur sexuelle, cette odeur ne s'oublie pas. Diana a allumé sa cigarette, a replacé ses nichons dans son immonde robe à fleurs. Sans un mot, elle nous a indiqué de reprendre la route.

Cette métairie était sacrément loin de Groenplaas, et il faisait chaud. Dans un silence de mort, Zodwa et moi nous tenions la main, marchant derrière tante Diana. Quand on est arrivées en fin d'après-midi, ma grand-mère m'a agrippée et m'a lancé : « On s'est fait une toute petite putasserie, pas vrai ? » Ces paroles m'ont blessée comme jamais auparavant. Comment une femme peut-elle prononcer des mots aussi profondément détestables ? Je ne comprends pas pourquoi ces termes me contrarient encore aujourd'hui. Ma grand-mère était la reine des paroles odieuses, mais c'est aussi parce que j'en voulais à Diana et à sa quête de bites que l'accusation de ma grand-mère m'a tellement blessée.

— On s'est fait une toute petite putasserie, pas vrai ? je dis un jour à Xavie. Ce sera mon premier tatouage.

Xavie a éclaté de rire :

— C'est quoi ce bordel, Nadia ?

— Cela signifie que, toute gamine, j'ai accompagné des gens qui allaient putasser, j'explique en riant.

— D'où vient cette histoire de cul ? demande-t-il en essuyant ses larmes.

— Quand nous étions encore très petites, Zodwa et moi, nous avons accompagné Diana dans une de ces sales cabanes de sylviculteurs, où elle avait un mec, celui qui ressemblait à un chien chinois, à un sharpei.

— Attends, attends, qui était ce chien chinois, pourquoi tu accompagnais Diana ?

Je lui raconte comment Diana nous avait traînées, Zodwa et moi, chez les sylviculteurs, dans la camionnette de l'usine à pommes.

Xavie cesse de rire :

— *Jirre*, Nadia, c'est sacrément déprimant.

Nadia

Hors du tunnel

Sortis du tunnel, Taakie est pris d'une envie de pisser. Le combi s'arrête, nous descendons tous, sauf Ricki-le-Taxi. Il allume une clope, et laisse tomber son bras par la vitre ouverte.

— Pissez vite, les p'tits singes, lâche-t-il, ce qui a le don de nous énerver.

— C'est du maquis, ça, dit Rustig, les mains sur ses hanches osseuses.

— De quoi parles-tu, vieux ? demande Dali, irrité.

— Des plantes, vieux con.

— Pourquoi ? insiste Dali.

— Pourquoi quoi ?

— Pourquoi tu dis ça ?

Dali plisse des yeux.

— Parce que je ne suis pas un connard d'ignorant comme toi, vieux, je sais que ces plantes, c'est du maquis.

Dali éclate de rire.

— Qu'y a-t-il de drôle ? demande Rustig.

J'interviens :

— Je ne suis pas certaine : ou bien tu sais quelque chose, ou bien tu emploies un mot que tu ne connais pas.

Xavie s'approche, car il aime les blagues et qu'il perçoit à mon attitude que je vais rentrer dans le chou de Rustig. Juste comme ça. Le visage de Rustig est une invitation à lui rentrer dans le lard. Il ressemble à un joueur de cricket bangladais hagard.

Rustig détecte mon approche et se met sur la défensive.

— Attends, Nadia, je vois que tu essaies… Vous voulez me prendre pour un con, dit-il d'un ton triste.

Trop triste pour qu'on se foute de lui.

— Ok, je dis, ok. Je ne fais rien, j'arrête.

— Au demeurant, c'est quoi du maquis ? demande Dali.

— Nique ta mère, se fâche Rustig.

Nous sommes un peu frappés, mais juste un peu, parce que Rustig est ainsi. Il peut se mettre en rogne grave pour la plus petite merdouille. Il peut être de bon poil et la seconde d'après poursuivre quelqu'un avec une hache. De son côté Dali reste toujours de glace, il ne se soucie pas des disputes. Je pense que Dali ne s'est jamais battu. Pas même quand on était petits. Il est du genre à réussir à se sortir à tous les coups d'un conflit. Rustig tient son surnom, « le calme », du fait qu'il ne reste jamais calme. Avant de perdre ses nerfs, il dit à chaque fois « Je suis calme, mon vieux, je suis salement calme ». Dès qu'il prononce ces mots, il se change presque immédiatement en l'Incroyable Hulk.

Dali se rapproche à petits pas de Rustig.

— Ferme ta sale gueule au sujet de ma mère.

Il s'éloigne en direction du combi et grimpe dedans. Nous autres, nous demeurons silencieux et dévisageons Rustig.

Je le mets en garde en m'en retournant aussi vers le taxi :

— Ne sous-estime pas Dali. Chacun a ses limites, toi, tu n'es pas capable de saisir une blague.

Xavie

Le plus long récit d'épouvante au monde

Le sang me terrifie. Me paralyse. Bon-papa est assis à l'avant de l'auto et raconte un de ses récits d'épouvante.

— Il était une fois, il y a très très longtemps, un homme qui n'avait qu'un œil. En revanche, il avait deux langues. L'une pour le bien, l'autre pour le mal. Un jour où le borgne lisait un gros livre, un petit oiseau rouge s'est posé sur son épaule. L'oiseau s'appelait Heyln, il apportait un message d'un pays lointain. Mais avant qu'il ne délivre son message, il fallait que le borgne se coupe une des deux langues. Selon la langue choisie par l'homme, le message serait positif ou négatif.

— Xavie, j'ai froid, prononce Nadia avec difficulté, tandis que du sang perle de sa bouche.

Recroquevillée sous la douleur, elle pleure.

— Xavie... J'ai froid, très froid, sanglote-t-elle.

Je regarde mes mains qui sont pleines de sang, le drap déchiré qui les entoure me fige.

Je retire mon chandail scolaire et le dispose autour des épaules maigres de Nadia. Mon grand-père, à l'avant de la voiture, se retourne avec ses grands yeux bruns.

— Faut pas s'endormir, mon petit diable, faut rester éveillée, nous arrivons chez grand-mère Schwartz.

Grand-mère Schwartz est infirmière. Elle a dit qu'il fallait d'abord lui amener Nadia avant de la conduire à l'hôpital.

Mon grand-père a trouvé Nadia derrière la maison, baignant dans une flaque de sang.

Je rentrais du magasin et j'ai vu le monde agglutiné autour d'elle, alors qu'elle pleurait, dans son sang. J'ai couru vers elle, l'ai soulevée et portée à l'intérieur. Bien plus tard, j'ai réalisé que mon grand-père était resté très calme. L'oncle Cannettes et la tante Daphnée aussi. Ils semblaient ne pas se rendre compte que Nadia gisait à terre.

À l'intérieur, je l'ai installée sur le canapé du salon, je me suis retrouvé plein de sang. J'ai voulu traverser la rue pour téléphoner de chez les voisins, mais j'avais trop peur de laisser Nadia toute seule. Je suis resté assis à côté d'elle, à pleurer, à essayer de la calmer.

Daphnée est entrée avec une couverture délavée et m'a dit de l'aider à transporter Nadia dans la voiture. Le grand-père et l'oncle Cannettes nous attendent, ils vont l'emmener chez l'infirmière Schwartz.

J'ai supposé que l'infirmière Schwartz était une infirmière, mais c'était une pensée trop logique. En effet, comme tout ce qui se passe dans la famille, même quand une enfant gémit dans son sang, il y a encore du mensonge dans l'air. Je souhaiterais demander à Nadia ce qu'il faut faire, car elle sait intercepter les mensonges avant qu'ils ne deviennent vérité.

Je soulève Nadia et la porte jusqu'à la voiture. Avant que Daphnée ne puisse me barrer le chemin, je m'enfonce dans la voiture et ferme la portière. Elle veut dire quelque chose, mais l'oncle Cannettes démarre. Je vois qu'il pleure et qu'il se mord la lèvre inférieure.

— Seigneur aide-nous, qui vit comme un cochon périt comme un cochon.

Xavie

Continuer malgré tout

— Allez, allez, les p'tits singes, on repart, lance Ricki.

Nous remontons tous dans le combi. Rustig s'assied à l'avant et se calme. La route se fait chaude, les rayons du soleil tombent sur le taxi.

Ricki met un autre CD. Une compilation de slows. « I believe the children are our future », chante Whitney Houston. Les petits reprennent en chœur avec leurs voix de bébés.

À part Taakie qui chante à tue-tête, le reste d'entre nous, les presque adultes, gardons un silence de mort.

Mes pensées se dirigent vers Nadia. Mes yeux tombent sur la longue cicatrice qu'elle porte sur un côté de son visage. Je repense à cette soirée dans la voiture et du plus long récit d'épouvante du grand-père. Tous ces emmerdements qu'on a traversés, c'est déjà insensé, mais les tourments qu'elle a connus toute seule, c'est carrément grave.

Dans son enfance, elle était frappée de mutisme sélectif. À son retour du domaine agricole, elle a cessé de parler pendant des années. C'est à ce moment que les coups ont commencé à pleuvoir. Son père a cru qu'elle était insolente. Elle n'arrivait pas à parler, tout simplement. Sa mère l'a emmenée chez un spécialiste, et on a découvert alors qu'elle était sourde d'une oreille. Ma grand-mère a menacé, si Nadia n'arrêtait pas de mal entendre, de l'envoyer à l'école pour sourds de Worcester. Mais la surdité de Nadia n'a pas disparu, elle s'est même aggravée au point que sa mère l'a retirée un an de l'école, et qu'elle a redoublé son CE1.

Tout le monde a cru qu'elle était stupide. L'oncle Cannettes, pour rire, l'a surnommée « la gamine qui n'entend pas le mal ». Quel connard.

Il lui est arrivé pleins de trucs qu'elle n'a même pas mentionnés. Chacun d'entre nous vivait ses propres emmerdements, on en a pardonné certains, d'autres demeurent embêtants, tellement ennuyeux qu'on n'arrive pas à les traiter. Je pense qu'il n'est pas toujours nécessaire de régler ses emmerdements, sauf si ça nous mine. Sinon, on s'en sort. Je suppose que le tort qu'on fait, on se le fait à soi-même.

Nadia

Low fidelity

Après l'enterrement de Tasha, chacun est reparti dans sa maison, je me suis allongée dans ma baignoire, l'eau chaude m'a brûlé la peau.

C'est le moment triste des enterrements, quand tout le monde est reparti. Le raffut d'une maison surpeuplée, la cuisine en désordre, les bébés qu'on retrouve endormis dans sa chambre, les nouveaux habits dans le panier à linge sale, le sucrier en étain à moitié vide, le sucrier de fantaisie plein à craquer. Les plateaux vides dans un coin du salon, avec juste quelques olives et des crackers mouillés. Des lunettes à côté du journal, derrière le pot de fleurs.

C'est mon boulot de nettoyer quand ils sont tous partis, car je pense que ma mère ne sait pas gérer le vide. Moi, je peux. De toute façon, j'existe dans mes souvenirs.

Je sors de la baignoire, enfile mon pyjama, mets de la musique et commence à nettoyer. C'est le moment où je me sens le plus près de moi-même, quand je ferme les yeux et que je vois la voiture s'éloigner.

Nadia

Michael Bolton

Après sa virée chez les sylviculteurs, j'ai décidé que tante Diana était morte. Morte de chez morte. J'ai détesté la remarque de ma grand-mère, comme quoi on avait fait une petite putasserie, Zodwa et moi. Ma grand-mère vouait aux femmes une haine amère. Elle n'était qu'amertume. Elle ne pouvait pas dire son fait à Diana, alors c'est nous qui avons pris le coup.

Le lendemain, tante Diana devait encore s'occuper de nous. Mais il s'agissait d'un jour nouveau, car son mari, Koos, était à la maison et fin saoul dès le matin. Dans ces cas-là, Koos était pénible. Il la suivait comme son ombre. Zodwa et moi avons joué sur le *stoep* pendant que Diana et Koos-l'ivrogne putassaient dans la chambre. À la fin des ébats, Diana s'est mise à l'engueuler :

— Tu pues du bec, t'arrives pas à bander.

Elle a tout fait pour l'humilier, pour qu'il ait une raison de déguerpir.

Je ne voulais plus rester dans cet endroit, mais j'avais peur de dire à bonne-maman « J'ai une mère, je ne veux plus rester dans cette putain de ferme ».

Koos est venu s'asseoir sur le *stoep* à côté de nous, il a passé une cassette de Michael Bolton en boucle :

So tell me all about it
Tell me 'bout the plans you're making

À cet instant, j'exécute Koos lui aussi, je déteste ce foutoir. Tous ces faiblards avec leur vie de merde. Diana me met en rogne : elle est perturbée parce qu'elle a aimé une fois, et veut se venger sur chaque homme qui passe à sa portée. De tous les chemins qui s'offrent, les gens choisissent toujours le pire.

Nadia

Le borgne

— L'homme qui n'avait qu'un œil devait choisir entre la bonne ou la mauvaise langue.

Mon grand-père poursuit son long récit d'épouvante.

— Le petit oiseau rouge avait une voix d'ange, le borgne pleurait à chacun de ses mots.

— Bon-papa, je meurs, je ne veux pas mourir, bon-papa, je renifle sans cesse entre deux sanglots.

Une des jambes de Xavie tremble, je l'aperçois qui pleure doucement. Il murmure :

— Nadia, tu ne vas pas mourir, tu vas te rétablir.

Le froid me colle comme une brûlure intérieure, le sang dans ma bouche a un goût de métal, la voiture brinquebale et me rend nauséeuse, je n'arrive pas à me redresser. Comme si une masse énorme s'était assise sur moi.

Je sens la main de Xavie dans mon dos, c'est le seul endroit qui me donne chaud.

Le petit oiseau rouge dit :

— Si tu veux vivre, le borgne, il te faut choisir, tu n'as droit qu'à une langue.

Le borgne fixe Heyln, l'oiseau rouge.

— Tu cherches une langue, moi je cherche un œil. N'est-ce pas mieux, dans la vie, d'avancer avec deux yeux ?

L'oiseau répond :

— Si tu me donnes tes deux langues, je te donne un nouvel œil, tu en auras donc deux. Si c'est ce que tu désires au fond de ton cœur, c'est ce que tu recevras.

— C'est quoi un désir au fond du cœur ?

— Un désir au fond du cœur, c'est ce que tu veux absolument avoir, une chose sans laquelle tu ne peux rien.

Le borgne soupire profondément.

— Mon cœur est vide, comme un sou neuf, il n'abrite aucun désir. Rien que du sang et de l'eau. Comment t'expliquer que je peux désirer une chose sans utiliser mon cœur ?

— Il faut faire ton choix, le borgne.

— Comment peut-on choisir entre voir et parler, sans ma langue je ne suis rien.

— C'est une erreur humaine, dit l'oiseau. Vous croyez que voir et parler vous rendent la vie plus facile. Tu rêves encore la nuit, le borgne ?

— J'ai cessé de rêver le jour où ma mauvaise langue a poussé. Les rêves m'ont fatigué. Je ne peux pas rêver double, et je refuse de sortir une de mes langues.

— Crois-tu que les langues se soucient de ce genre de choses, de choisir entre le bien et le mal ?

— Ma tête, dit le borgne. C'est elle qui me fait me sentir bien.

— Hahahaha, rigole l'oiseau rouge. Tu es borgne, qui t'a dit que la tête avait quelque chose à voir avec l'intérieur ?

Xavie

Portail en amulimium

La voiture s'arrête devant un grand portail, cela ressemble plus au repaire d'un dealer qu'au domicile de l'infirmière Schwartz. Un Indien âgé, court sur pattes, sort avec une couverture. Il ouvre la hideuse grille d'acier, Cannettes engage la voiture. L'homme à la couverture se dirige vers moi et me fait signe d'ouvrir la portière. Au lieu de ça, j'ouvre la vitre, prends la couverture, soulève doucement Nadia et la couvre. Les larmes lui ont gonflé les yeux, elle navigue entre éveil et sommeil.

L'homme ouvre la portière.

— Ne t'inquiète pas, je suis là pour vous aider, articule-t-il avec un lourd accent de Durban.

Je le laisse soulever Nadia, il prend la direction de la maison et me fait signe de refermer vite le portail d'acier. Je regarde mes mains, toujours entourées de chiffons sanglants.

L'homme fait alors signe à Cannettes. D'un bond, l'oncle se lève et va pousser l'énorme porte.

— C'est un vrai portail d'amulimium, annonce-t-il, et sa bêtise m'irrite.

L'homme transporte Nadia dans ses bras dans un petit couloir, je le suis pendant que mon grand-père, debout, attend que Cannettes ait fini.

Nous passons par une grande porte en verre. Au milieu du salon se trouve une Blanche, enfin je suppose qu'elle est Blanche. Elle ressemble au professeur McGonagall dans sa longue robe noire, un foulard en dentelle dans ses cheveux blancs. Elle écarquille les yeux en apercevant Nadia.

L'homme dépose Nadia à terre et part en courant dans le corridor.

— Je m'occupe de cette affaire.

Je stresse par toutes les fibres de mon corps : que diable faisons-nous chez ces gens-là ? Pourquoi Nadia saigne-t-elle autant ? Pourquoi est-elle à demi-consciente ? Qu'est-ce qui se passe, merde ? Je me sens terriblement fatigué, la tête me tourne.

Nadia

Ils ne peuvent pas venir chercher ce qui n'existe pas

La tante Deetna est assise sur le *stoep* et fume. Ma mère enlève le tissu qui lui serre la taille et donne le sein à l'un des bébés.

— Allons, ma petite vieille, il faut téter, sinon ta sœur va pomper tout le lait, lui conseille-t-elle.

Deetna souffle la fumée au clair de lune, on dirait un nuage qui file dans l'air. Zinzi et moi, sur le pas de la porte, considérons maman et Deetna comme si nous nous projetions dans un avenir lointain. Clairement, je me sens ressembler plus à Deetna qu'à ma mère.

Le domaine agricole est tranquille, ma grand-mère et mes tantines sont parties pour la grande salle. Je sais à présent que ma grand-mère est un vieil arbre enraciné dans une bouse à laquelle elle croit fermement.

— La meilleure chose, c'est que Diana parte pour Le Cap et laisse ses enfants ici. Je m'occuperai de l'une, Shula de l'autre, comme ça elles demeureront ensemble. Les gens du domaine ne parleront pas, ils ont trop peur de Sylvia, estime la tante Deetna en éteignant sa clope dans le pot de fleurs.

— Edward a décidé qu'il n'était pas fait pour la paternité, mais les Noirs ne sont pas des gens à semer à tout va. Le Boer ne va pas tolérer que des Noirs viennent dans son domaine et kidnappent des enfants, soupire Deetna.

— Je pense que la famille d'Edward ignore tout de ces enfants. Ils ne peuvent pas venir chercher ce qui n'existe pas, dit ma mère en refermant sa blouse.

Elle pose le bébé sur ses genoux et lui caresse le dos.

— Ç'aurait été plus facile si Diana était partie avec ce garçon, mais maman s'agrippe à sa fille comme de la pâte humide collée sur les doigts.

— Vous les jeunes nanas, vous vous voulez trop modernes, vous pensez avec vos sentiments, pire encore que les Blanches, grogne Deetna.

Ma mère suggère :

— Va parler à la grand-mère, Deetna, elle t'écoutera. On a repris les enfants. Que va-t-elle faire, les laisser dormir dehors ?

— Porte les enfants chez Shula et laisse-les chez elle pour le moment. J'enverrai ensuite Zinzi te chercher.

Ma mère enveloppe les bébés dans une grande couverture, elles sont minuscules et silencieuses. Elle passe devant nous et me fait signe d'ouvrir le vantail du bas. Elle me regarde à travers la couverture et cligne d'un œil. Je souris au point d'oublier de refermer la porte. Ma mère disparaît dans l'obscurité derrière la maison. Dans le lointain, je vois arriver la silhouette tordue de ma grand-mère.

Nadia

L'homme aux deux yeux

— Que dois-je faire ? demande le borgne à l'oiseau rouge. Toi qui es si malin, dis-moi comment faire pour bien choisir.

— Tu connais l'histoire de la balance en laiton ?

— Bien sûr que je la connais. La balance était déséquilibrée et personne n'avait pu la réparer. Cette histoire est vieille comme le monde.

— Bon, si tu la connais, tu peux faire ton choix. Mais sais-tu que l'histoire n'est pas finie, l'histoire de la balance ?

— Que veux-tu dire ?

L'oiseau rouge explique :

— La raison pour laquelle on ne pouvait pas équilibrer la balance.

— Raconte.

— J'y viens. La balance était faite de laiton lourd, la main de l'artisan était lourde, mais son humeur l'était plus encore. C'est pourquoi l'appareil était déséquilibré. Tu comprends, le borgne ? Peu importe ce que tu choisis, c'est un autre qui aura pris la décision avant toi. Quoi que tu choisisses, pour toi cela signifie être muet ou borgne. Prends la bonne décision.

— D'accord, petit oiseau rouge, j'opte pour avoir un œil de plus, car je veux voir mieux que je ne vois aujourd'hui. Prends mes langues, je choisis la vue. C'est à elle que je fais confiance.

L'oiseau rouge le met en garde :

— Dernière chance, le borgne – si j'obtiens tes langues, tu ne pourras plus parler, ni reprendre ta parole. Sois certain que ta vue est la plus importante, avant que je n'agisse.

— Tu m'as fait comprendre. Ma tête est vide, mon cœur n'a jamais servi, mes langues sont une contrariété. J'ai dû abandonner mes rêves à cause de ma bouche. Je suis fatigué de parler, je veux juste bien voir.

— Parfait. Voici un œil supplémentaire, tu en as deux à présent. Je prends tes langues et je les rejette à la mer.

Le borgne est muet, il explore sa bouche. Il lui reste en effet une langue, et il dispose bien de deux yeux. Tout lui semble pareil, il ne voit ni plus près, ni plus loin. Les deux yeux fonctionnent comme un seul.

— Pourquoi ne m'as-tu pas enlevé la langue ? demande au petit oiseau l'homme aux deux yeux.

— Mais je l'ai fait. Je t'ai enlevé la langue qui te dominait, et je l'ai remplacée par une ordinaire langue d'homme. La langue d'un homme, c'est comme la balance de laiton, quoi qu'on fasse, elle reste déséquilibrée.

L'homme aux deux yeux se sent dupé. Il remarque immédiatement que sa langue est lourde et que désormais il aura du mal à parler, que ses rêves vont le dominer, car les nouvelles langues sont difficiles à apprendre.

Nadia

Viande froide et mayonnaise

Xavie et moi, nous nous réveillons le lendemain dans la chambre d'une vieille personne. Des fleurs, des babioles, un vrai merdier. Je porte la chemise de nuit d'une vieille Blanche. Xavie se trouve dans un pyjama à manches longues en pilou, comme quand on va se faire opérer des amygdales. Le vieux qui ressemble à un Indien, entre.

— Vous avez l'air bien reposés tous les deux. Votre oncle est parti vous chercher quelques vêtements. Quand vous serez habillés, vous rejoindrez la famille pour une séance de guérison.

Il referme la porte.

— Qu'est-ce que c'est que cette connerie ? me souffle Xavie.

Je le regarde, embarrassée, puis je remarque sur le mur la photo d'un gourou indien. Je la montre à Xavie en rigolant :

— Xav, on nous a envoyés dans une secte ?

— Attends, Nadia, on ne peut pas nous faire ça. Une secte, ça tourne autour de drogues et d'amour libre. Jamais notre famille ne nous permettrait un séjour aussi agréable, rigole Xavie.

— *Jirre,* c'est encore un plan merdique de Daphnée.

Silencieusement nous contemplons la piaule, je me dis que ma vie ressemble à ça : comme si je rêvais, comme si des choses pareilles ne survenaient pas vraiment, comme si j'étais l'objet d'une très longue expérience sociale, que les membres de ma famille n'étaient que des acteurs et que les docteurs, invisibles derrière la scène, créaient une réalité nouvelle chaque jour pour voir combien de temps je tiendrai.

Le visage de Xavie se fait grave.

— Nadia, tu te rappelles ce qui s'est passé hier ?

— Rien du tout. J'étais dans la cour hier, et nous voilà ici ce matin.

C'est tout ce que je sais.

— Tu saignais abondamment, tu as une estafilade sur le côté de ta figure, près de ton oreille.

Je me palpe la figure avec précaution. Je sens un long pansement, mais je ne vois pas ce dont parle Xavie. Je ne l'entends pas bien, mon oreille sourde le semble encore plus, mais je ne le lui dis pas. Je hausse simplement les épaules.

L'oncle Cannettes vient nous chercher un peu plus tard. Il affirme que je suis tombée et que Daphnée connaît les gens qui nous hébergent. Il s'agit de sa belle-famille. La vieille dame est une ancienne infirmière. Si l'on m'avait emmenée à l'hôpital, la police s'en serait mêlée et ça aurait posé des problèmes à tout le monde. Les policiers coffrent sans barguigner les parents quand les enfants se blessent. Une branche se casse et, comme dit la Bible, l'heure du châtiment est passée.

— Tu es tombée de l'arbre, assure Cannettes.

— Arrête de dire des conneries, l'oncle, il n'y a quasiment pas d'arbres dans la cour. Vous mentez tous salement.

Cannettes est assis de travers et regarde droit devant lui. Je lève les épaules et j'adresse à Xavie un sourire sec.

Pendant la séance de guérison, nous restons assis tous les deux tandis que la vieille dame prie pour nous.

— Au nom du Père, du Fils et du Saint-Esprit, je ligote les forces démoniaques qui veulent s'emparer des âmes de ces enfants. Amen.

Après la prière, elle nous offre des sandwichs. Pain blanc, viande froide et mayonnaise. L'oncle Cannettes nous ramène à la maison. Sans le moindre sentiment de culpabilité, style Jésus crucifié, ni de contrition. Juste une prière et foutez le camp.

Nadia

Toujours prête à s'amuser

Parmi toutes les églises, les pentecôtistes font figure de purs païens. Si une vieille, une femme, une ancienne, atteinte ou non de démence, décide que le Seigneur parle par sa bouche fleurant la pastille de menthe, les paroissiennes n'hésitent pas à déterrer un vieux refrain débile du temps de l'esclavage, une chanson en trois vers. *Le Seigneur revient,* trois fois répété, entonné par des citoyennes séniles. On peut craindre qu'elles tirent ce cantique en longueur, comme un ancêtre sur sa pension de retraite. C'est ce que fait la sœur de ma grand-mère, surtout aux enterrements. Si elle parvient à chanter, nous autres, nous allons devoir écouter, nous qui ne connaissons pas les paroles, nous allons nous balancer maladroitement, comme des nouveaux venus dans une secte. La sœur de ma grand-mère se lève, et l'un de ces connards de bedeaux saute sur ses pieds pour l'aider à s'avancer. Je suis un peu soulagée, car cela veut dire que quelqu'un d'autre va se mettre à entonner le cantique, et pas l'un de ces louangeurs puant le sperme.

La grand-tante Barbie édentée ressemble à Yubaba dans *Le Voyage de Chihiro,* avec sa petite robe bleue et sa mise en pli.

— Mes thrès chehrs fhrèhres, le Seigneuhr m'a glissé ce chant dans le coeuhr : « *I see the bright light shine.* »

Tout le monde chante en chœur, sacrément content qu'il s'agisse d'un chant contemporain.

Mon regard se pose sur le cercueil qui brille et semble royal dans cette froide église pour télévangélistes.

— Diana est partie, mes bien chers frères, le Seigneur est venu la chercher. N'est-ce pas splendide ? Il ne faut pas larmoyer. Les paroles de réconfort viennent de Dieu. Il ne faut pas pleurer notre chère sœur Diana. Nous devons nous réjouir, jubiler. Ça swingue au ciel, mes frères, ça swingue ferme là-haut. On donne une immense fête au milieu des anges. Au ciel il y a mille activités agréables. Nous qui connaissions Diana, nous savons combien elle appréciait ça. Toujours prête à s'amuser. Une fiesta pour l'éternité.

Les gens rient aux conneries du pasteur. Xavie, debout, regarde droit devant lui.

Nadia

Cirque 1986

Mon grand-père traîne Edward par les pieds jusqu'à la porte du logis. Edward est en bleu de travail.

— Tu as cru que tu pouvais t'en sortir après cette connerie ? crie bon-papa.

L'écume bouillonne à sa bouche, comme un brouet de sorcière. Edward supplie. Je ne vois pas bien ce qui se passe, ils sont dehors sur l'herbe, la porte de l'auto est trop haute. Je suis trop petite.

J'entends Edward pleurer, implorer « S'il te plaît, mon papa, je te supplie, mon papa, j'ai seize ans, mon papa, je suis désolé, mon papa », tandis que pleuvent les coups de poing et de bâton.

Il est tard dans la nuit, et du haut de mes cinq ans je m'endors pendant la dispute. Je me souviens qu'Edward affirmait qu'il se conduirait comme un homme envers son enfant et que mon grand-père hurlait : « Tu ne connaîtras pas le nom de ton enfant. Aussi longtemps que je vivrai, tu n'approcheras pas cet enfant. »

Aujourd'hui Edward et Koos ont fini par se retrouver devant la tombe ouverte. Les jambes de ma grand-mère ont arrêté de fonctionner, elle reste toute la journée sous la tonnelle. C'est précisément au moment où ses jambes, sa bouche, son cœur ont fini de bien fonctionner que Diana, petite et enceinte, a dû affronter un tas de nullards. Ma grand-mère donnait ses filles à des hommes comme si elles constituaient le plat principal du dimanche midi.

Nadia

Gouttes calmantes et lingettes au vinaigre

— Le ciel leur appartient, chers frères, le ciel appartient aux enfants. La Bible dit qu'il s'agit d'être un enfant aux yeux du Seigneur… Nous sommes rassemblés aujourd'hui pour dire au revoir à la petite Tasha. Trop jeune, innocente, naïve, un être fragile, mes frères. Nous devons ressembler aux enfants pour entrer au royaume de Jésus. Pas aux adultes : aux enfants. C'est ce que Jésus-Christ veut de nous. Il faut se faire humble devant lui. Nous devons être comme des enfants.

La voix du pasteur se brise comme un mauvais verrou. Il est ravagé, je crois, parce qu'il a aperçu Tasha pendue et qu'il a dû aider Taakie à couper la corde. Il est vraiment ravagé.

Aujourd'hui, les doigts huileux du pasteur tremblent. Il était en train de bricoler sa voiture dans sa cour quand il a entendu Taakie crier. Ma mère dit qu'elle a vu le pasteur en pleurs quand la police est arrivée. Taakie est comme nous, il ne pleure que dans ses rêves. La première fois qu'il a pleuré, c'est quand Rustig est arrivé, un jour plus tard. J'ai attendu avant de me coucher, et je me suis endormie dans les pleurs. Je n'avais aucune envie des gouttes calmantes de ma mère ou de ses lingettes au vinaigre.

— Chers frères et sœurs, aujourd'hui je veux m'adresser fermement aux parents, pas seulement à ceux de Tasha, mais à tous les parents. Il y a des choses qui nous rendent honteux, alors qu'elles ne devraient pas. Mais il y a des choses qui devraient nous brûler la peau de honte, mais dont on ne se préoccupe pas, car nous les considérons comme normales. Très chers, la dépression est une maladie. Qu'elle vienne de Dieu ou des hommes, c'est une maladie. Une maladie insidieuse, car elle ne donne pas de boutons, ne provoque pas de saignement. Il n'existe pas de tensiomètre qui pourrait nous indiquer s'il s'agit d'une dépression faible ou forte. Très chers, c'est une maladie de l'âme. Ce n'est pas de la folie, comme disent certains. « Foutre, laisse tomber cette folledingue » ou bien « Tu as entendu, Unetelle prend la pilule des fous ». Très chers, c'est ce que disent les nôtres.

» Si je parle dépression, je ne parle pas de ces incroyants une fois qu'ils ont bu leur paie. Ou de ces pères hargneux à la maison et heureux au travail. Je parle de votre enfant dont l'âme est brisée, très chers. Nous, les adultes, nous pensons qu'il faut garder les enfants à l'œil, mais non les écouter. Mais, très chers, le Père céleste veut que l'enfant en vous soit vu et entendu. Le Seigneur ne plaisante pas quand vous tombez à genoux en disant « Père aidez-moi, je suis votre enfant ».

» La petite Tasha n'avait vécu que douze ans sur terre, et elle n'en pouvait plus. Ne vous ramenez pas avec ces vieilles idées qu'un suicide est un péché. C'était une enfant, et nous, les adultes, placés auprès d'elle par le Seigneur pour l'écouter, nous avons failli. Mais, très chers, Dieu ne faillit jamais. Du fond du cœur, je veux proclamer : « Désolé, petite Tasha, puisses-tu trouver la paix dans les bras de ton Père céleste. Nous n'étions pas dignes de ton amour. » Mon message aux jeunes présents aujourd'hui, aux cœurs pleins de crainte et d'incertitudes, c'est de garder courage et de chercher refuge chez Jésus. Il ne vous quittera jamais.

» Ma sœur, entonnez pour nous « Never Failed Me Yet ».

Nadia

Affaires de femmes

La famille de ma grand-mère est rentrée tard ce soir-là. Tante Deetna les attendait sur le *stoep*. Mon grand-père lui est passé devant, comme s'il avait autre chose à faire. Des bébés illégitimes, leur kidnapping, ce sont des affaires de femmes. Ma grand-mère, la grande chienne de Groenplaas, et tante Deetna, la petite chienne venue de l'Overberg, ont été s'asseoir dans le salon et ont fermé la porte. Zinzi et moi, on s'est assises dans le long couloir, l'une en face de l'autre. Nous avons attendu, espéré, que quelqu'un aurait besoin de nous ce soir. Juste pour nous sentir femmes encore une fois. Mon grand-père est sorti de sa chambre, a éteint la lumière du couloir sans nous dire un mot.

Éteindre la lumière, c'est vraiment un geste d'homme. Zinzi et moi, dans le noir face au geste passif-agressif du grand-père, c'est comme l'explosion d'un pare-brise incassable. Ce que dit Deetna à ma grand-mère est important. Voilà le moment où toutes les femmes doivent se réunir pour faire plier la grand-mère, car elles la connaissent. Elle se croit au-dessus des lois des femmes, mais elles vont lui démontrer le contraire. Il n'est pas question de donner les enfants d'une autre femme.

Xavie

Farewell, farewell

Le pasteur Grand-Souffle chante comme un Pavarotti bushman : « Farewell, farewell… »

Distrait, Edward se tient à côté de Koos. De son côté, Koos chante comme un ménestrel métis face à des Blancs. Après deux évanouissements, il pleure à présent comme un violon mal accordé, ennuyeux, plein de fausses notes. Nadia et moi, nous nous retirons lentement de l'assistance. Taakie, Rustig et Dali se sont déjà assis derrière le corbillard. Dali tapote la pochette de sa chemise et nous nous mettons en route, en quête d'un coin tranquille pour être tout seuls.

Nadia

Stone comme au Moyen-Orient

Une, deux bouffées, on passe, la fumée atteint directement la tête, entre les deux yeux. C'est doux et moelleux comme quand on est seul à la maison un samedi matin.

— La vie est drôle, commence Dali d'un ton philosophico-haschich. Les gens croient tous au ciel et à l'enfer. Et où pensent-ils que nous nous trouvons ?

Il s'arrête de parler et fixe l'horizon.

— Nadia, t'as vu ce même, avec cette grosse pétasse blanche qui lâche « Seuls des gars blancs sont capables de bien me la caresser » ? Les commentaires de toutes les races sont tombés comme une masse de fer : « Nous acceptons la chose humblement, peut-être nos frères arabes sont-ils capables de te prendre », et finalement un Arabe intervient : « Baiser ça va, on ne mange pas de porc. »

La voix de Xavie s'éraille en éclatant de rire à sa propre blague. J'adresse au malotru un long regard et un lent sourire en coin.

— Attends… je comprends seulement… maintenant, s'écrie Taakie. Attends, pour cet Arabe, on ne mange pas de porc.

Des larmes de rire viennent à Xavie.

Je ris intérieurement, car je suis stone. Je tire sur un joint éteint.

Nadia

Tu me prends pour ton enfant ?

Ne prenez pas ma bonté pour de la faiblesse. Je suis gentil avec tout le monde, mais si quelqu'un se montre indélicat, ce n'est pas le terme « faible » que vous retiendrez de moi.

Al Capone

Dans le lointain nous entendons hurler comme un dinosaure modélisé dans *Jurassic Park.* Nous nous approchons, une bagarre s'annonce. Taakie et moi courons au plus près, comme deux petits gangsters.

— Koos, ce n'est ni le lieu, ni l'heure, dit le pasteur.

— Je vais bousiller ce type sur-le-champ, brame Koos. Tu crois que tu peux te pointer comme ça après avoir largué Diana comme une chaussette ?

Tante Daphnée prend Koos par le bras. Je bondis par derrière et me glisse entre Koos et elle. « Lâche-le », c'est tout ce que j'arrive à sortir, tellement j'ai trop fumé.

— Tu parles à qui, Nadia, tu me prends pour ton enfant ? rétorque Daphnée.

— C'est à toi que je parle, et pendant que j'articule, je me dis que ce sont les mots les plus débiles que j'ai jamais prononcés. « C'est à Toi que Je parle. » Je saisis tante Daphnée à la poitrine : « Ton mari est un pédophile. » Je bats des records en termes de débilité. Je ne savais pas que je connaissais le mot en afrikaans. Je me dis qu'il ne faut pas fumer sec et vouloir se bagarrer à la suite. Daphnée se dégage brutalement. L'oncle Cannettes s'approche.

— Nadia, calme-toi, laisse tomber. Nous sommes ici pour enterrer Diana. Ne cherche pas la bagarre.

Cannettes a envie de pleurer, et cela me touche, mais pourquoi sort-il ces conneries ? Maintenant, il donne l'impression que tout est de ma putain de faute. J'ai horreur de cela. Je l'aime bien, mais je suis furieuse. Ma rage met du temps à sortir. Tout le monde le sait. La colère est une dent cariée.

— Il s'agit de ma mère, crie Taakie, venu d'ailleurs.

Tante Daphnée plisse des yeux.

— C'est ma sœur, braille-t-elle.

— C'est ma mère, hurle Taakie.

À cet instant je réalise que ce sont les paroles les plus stupides jamais prononcées lors d'une querelle. Je me sens un poil moins embarrassée d'avoir laissé échapper le mot pédophile.

— C'est ma mère, hurle à nouveau Taakie.

— Oui, oui, c'est aussi sa sœur, intervient le pasteur. Arrête, Tarquinn ! commande-t-il avec sa voix d'adulte. Ce ne sont ni le lieu, ni l'heure… Respecte les morts, sois digne, il s'agit de ta mère !

Tante Daphnée fait mine d'être honteuse, mais nous savons qu'elle ne l'est pas, c'est du cinéma. Les yeux de Taakie sont réduits à deux traits, je le prends par le bras et nous faisons quelques pas en arrière. Dali me regarde avec son air de benêt, je me gendarme pour ne pas rire.

Xavie

Le Cap, c'est agréable

— Si les nénettes ont déjà fourgué un enfant, rien ne va les empêcher d'en balancer d'autres, dit cet expert en haine des femmes.

Ma mère, qui ne parle jamais, est en train de causer avec un type que je ne connais pas. Il a frappé à la porte, il est entré et lui a adressé la parole. Je ne comprends pas pourquoi cet homme s'est posé chez nous. L'enterrement est pour demain.

Assis au bout de la table de la cuisine, je tremble. Cela fait deux jours que je n'ai plus fumé de *dagga*, et je ressens de la douleur partout. Dans ma tête, tout est creux et plein, mes couilles se réduisent. Ma mère m'a supprimé tous mes joints. J'attends que Nadia arrive avec du shit.

Nadia et Dali sont arrivés ici hier soir, mais ils ont dû dormir ailleurs, la maison était déjà pleine. Tante Daphnée, bonne-maman, Sammy et Meghan se sont installées, comme une équipe télé en Palestine occupée. Elles sont venues aux nouvelles.

Au point où j'en suis, je suis prêt à fumer n'importe quoi. Ma mère tient à ce que je reste sobre pour l'enterrement de papa. Ce que je pense est sacrément peu réaliste, ni raisonnable. Pendant tout le temps de son putain de mariage, elle s'est gavée d'antidépresseurs et de somnifères. Maintenant qu'il est mort, elle est détendue. Moi, j'attends Nadia, il n'y a qu'elle pour m'aider. Elle seule comprend mon état d'esprit. Il n'y a qu'elle à se voir prescrire du shit, et je sais qu'elle ne le consomme pas autant qu'elle devrait. J'ai besoin d'un produit pour réduire au silence mes sensations intérieures. J'aimerais être mort sans la mort. C'est un sentiment extrême, je n'ai jamais connu ça. Je suis craintif et heureux.

— Les nénettes font des enfants parce que les grand-mères s'en saisissent et les élèvent. Si elles avaient à élever leurs enfants, elles sauraient verrouiller leur chaudron, mais non… Bonne-maman est pressée d'élever des petits-enfants, déblatère le mec d'une seule traite.

Mon portable sur la table se met à sonner, je sursaute. *Viens me chercher à mi-chemin, ducon.* Un SMS de Nadia. Quel soulagement, je prends ma veste et sors par la porte de la cuisine. Ma mère grommèle, mais j'ai déjà franchi le portillon. Je prends le chemin jusqu'à la route goudronnée. J'aperçois au loin Nadia dans son jogging Adidas rouge et ses cheveux tressés comme du maïs. Elle fume. Elle ressemble à une petite Queen Latifah dans *Le Prix à payer.* Je cours vers elle, elle m'allume un joint. Elle sort deux pilules bleu clair et me fait signe d'avaler :

— Avec ça, tu en as pour huit heures d'oubli.

J'avale les pilules, et je m'allonge sur le trottoir. Le vent souffle fort, mais l'air est limpide et, loin devant nous, s'étend la mer bleu foncé. Si on cligne de l'œil, elle apparaît noire.

— L'océan semble beau sans mon père, je dis en fermant les yeux.

— Oui, Xav, tu es la personne la plus heureuse du monde entier, ton père est mort.

— Je sais. Mais pourquoi je me sens si naze, Nadia ? Chaque jour je souhaitais qu'il crève, et maintenant, c'est bizarre, presque comme si j'avais obtenu ce que je voulais. Mais en général, on obtient jamais ce qu'on veut.

— Vous déménagez quand ?

— Après l'enterrement. Quand je vois ma mère, je pense qu'elle sautera dans un bus sitôt le cercueil descendu.

— Ouaip, je peux pas saquer ce putain de village, souffle-t-elle.

— J'ai l'impression que j'ai passé toute ma vie ici, mais je sais rien du Cap. Comme si je déménageais dans un coin où personne ne me connaît.

— C'est agréable, Xavie, Le Cap, c'est agréable. Tu t'y plairas.

Xavie

Nightingale

Tante Tina nous apporte du thé, elle ressemble à Florence Nightingale et à un rossignol[1], même si je n'en ai jamais vu un seul. Elle est belle, comme une chose qu'on n'a pas encore aperçue, mais dont on sait qu'elle est très belle. Ce soir, c'est vraiment le premier soir de notre vie où nous avons besoin d'un adulte.

Quand le bois est venu à manquer, Nadia a cherché le tabouret que l'oncle Cannettes lui avait fabriqué jadis et l'a mis en morceaux pour ranimer le feu. Le visage maigre et tuméfié de Nadia fait grotesque à la lumière des grandes flammes. Son père, la semaine dernière, l'a sortie du lit par les cheveux et l'a cognée parce qu'elle avait oublié de tirer la chasse d'eau. « J'avais mes règles, j'avais pissé, mais cette putain de chasse s'est coincée. Je suis sortie pour attendre que la cuve se remplisse d'eau et pouvoir tirer la chasse. Et pendant ces deux minutes, il a fallu que cet homme aille pisser à son tour. Il a vu le sang sur du papier toilette et il a pété les plombs. Il pense que je l'ai fait exprès, que ce sang est sale, que je lui manque de respect. »

Quand la maison est silencieuse, on va s'étendre sous la tente. Dali fait passer un joint, on fume, on finit par s'endormir. J'essaie de me rappeler comment j'étais à

---

1 Florence Nightingale (1820-1910) est célèbre pour avoir professionnalisé le travail des infirmières. Son patronyme signifie « rossignol ».

douze ans, c'était il y a trois ans à peine. Quand on fait partie des cousins les plus âgés, tous les plus jeunes nous semblent des bébés.

Si la mère de Tasha nous avait dit que sa petite avait des difficultés, on l'aurait mieux accueillie. Mais la mère de Tasha ne fait pas partie de la famille. Ma mère et mes tantes la traitaient comme de la merde. Et pourtant elle avait gardé Taakie chez elle et l'avait sorti de la rue. Je me sens lamentable à son égard, souvent, car elle n'est pas comme nous. Elle est gentille. C'est une bonne adulte, et pourtant, je pense que c'est une salope, elle aussi : quand on laisse se pendre sa fille unique de douze ans, c'est qu'on est vraiment très occupée.

Nadia

Levez le rideau de fer

— Les actions d'un enfant, bien chers frères, sont pardonnables. Le Seigneur dit : Laissez venir à moi les petits enfants, car c'est à eux qu'appartient le royaume des cieux.

Le ton du pasteur a baissé, il se met à raconter des conneries.

Après l'éclat de Taakie et mon acharnement à l'égard de tante Daphnée, l'ambiance a changé de fond en comble. Je sens bien que le conflit a scindé les générations. D'un côté nous – Taakie, Dali, Xavie, Rustig et moi –, de l'autre tante Daphnée et ses sœurs. À leur mine triste et défaite, je vois bien que les adultes ont perdu le combat. C'est notre premier acte de résistance, nous allons gagner la guerre froide. Les boomers contre les milléniaux, mais peut-on appeler boomers des Noirs ou des Métis âgés ? Nous ne sommes des milléniaux que sur le papier. La génération merdique contre la génération super-merdique. La différence, c'est qu'on n'a pas peur, ni de Jésus, ni des oppresseurs, ni du diable, nous les enfants de la *Sonate des trilles du Diable* de Tartini.

Les valeurs de jadis ne signifient rien pour nous. Nous sommes en guerre. Notre génération se retourne contre les anciens et les expulse vers leurs vieux jours. On leur apporte parfois de bonnes choses, mais on les attend dans la voiture quand on vient les chercher pour le repas du dimanche. On répond honnêtement quand des étrangers nous demandent si nous sommes proches de nos parents. Nous répondons : « Pas du tout. Ma mère est vénéneuse, elle couvre les manières violentes de mon père, c'est pourquoi j'ai dû couper les ponts. Ma mère a tendance à tout vouloir contrôler, j'ai dû délimiter mes frontières. » C'est le sentiment le plus puissant du monde. Et ça, nous pensons qu'ils ne le perçoivent pas. Les gens qui font des conneries savent toujours quand ils se font prendre. Ils sont toujours déçus quand le courant est coupé, car ils n'ont plus que nous pour leur redonner de l'énergie.

Nous, les enfants, nous sommes les Soviétiques venus enterrer l'Amérique. Tous les anciens, y compris ma mère, car malgré ses tendances rebelles, elle va se coucher chaque soir auprès de mon père. Ma grand-mère veut nous forcer à l'aimer, comme un père violent. Tous les autres nous ont ruiné la vie. Nous sommes plus nombreux. Une seule d'entre nous est tombée, tandis que de leur côté, on compte peu de survivants. L'attitude rebelle de ma mère tend à s'affaiblir. Le jeu de tante Daphnée, « je-suis-juste-l'amie-de-mon-mari », est en train de s'effondrer. Le côté agréable de l'oncle Cannettes n'est drôle que quand on a fini de saigner. Mais nos plaies se cicatrisent, l'enterrement de la tante Diana marque notre première victoire. À juste titre, car c'est la première qui a cherché la bagarre, le soir où elle est arrivée au cantonnement.

Nadia

Tu ne vas pas la saluer ?

Diana est enterrée depuis sept ans. Je suis face à mon ordinateur portable, attendant la réunion par Zoom avec Ashley. Je dois écrire une pièce pour une ONG. Après des années de galère, je me suis mise à écrire à temps plein. *La vie est comme un match de rugby : la première mi-temps ne vaut que si tu prends nettement l'avantage, sinon fonce pendant la seconde mi-temps et va de l'avant.* Paroles de mon grand-père. Je suis arrivée en seconde mi-temps et j'essaie d'aller de l'avant.

— Quelque chose qui élève la communauté, dit Ashley. Durable, inclusif, qui nous unisse, surtout par temps de covid.

C'est curieux comme on ne s'évade jamais de son enfance. Personne ne m'appelle plus Nadia, à présent je suis Nads. Le domaine agricole et le ghetto ont été balayés. C'est mon surnom dans le monde blanc. Nads. Une connerie. Juste avant Niquée et Nullasse. C'est pourquoi j'ai frissonné quand j'ai reçu un message privé de ma cousine : « Salut, Nadia, on te cherche, c'est à propos de bonne-maman, elle est à la dernière extrémité. »

Des semaines avant la mort de ma grand-mère, mes cousins et mes cousines, surtout Xavie et Dali, ont cherché à me convaincre d'aller la voir, ou au moins de lui téléphoner. Je me suis rapprochée de mon enfance. J'ai coupé le sifflet à Nads, j'ai songé à Nadia, la petite malheureuse, amère et mal élevée.

Je n'ai rien à voir avec bonne-maman. Elle ne m'est rien. Si je transforme ma grand-mère en pronom de genre, à la longue elle disparaîtra.

Aller saluer les mourants est la chose la plus débile qui soit. C'est une démarche sentimentale, je l'ai faite une fois pour mon grand-père et il ne m'a même pas reconnue. Au diable le dernier adieu. Ma grand-mère m'a terrorisée, comme le fait l'État islamique face aux Touaregs. Ces gens-là m'épuisent. J'ai passé vingt ans à me guérir, à me dépêtrer des traumatismes de l'enfance. À présent, elle va mourir et m'attend comme Godot.

Mon gros problème avec l'idée d'aller saluer les morts: ils te pourrissent ta vie entière, et avant de mourir, ils te balancent: «Désolée, me pardonneras-tu?»

«Je te pardonne, je t'aime, meurs en paix, mes problèmes sont derrière moi.»

Je ne veux pas aller la saluer. Sylvia McKinney peut bien mourir, elle a déjà envoyé trop de monde au tombeau. L'ennui, c'est la culpabilité. Culpabilité, parce que je sais qu'en dépit de toutes ses bêtises, ma grand-mère m'aimait vraiment beaucoup. Mais ce n'était pas de ce genre d'amour dont j'avais besoin. Si elle m'avait laissée tomber, j'aurais retrouvé ce genre d'amour auprès de ma mère: un amour mariné dans de la haine. «Je ne t'ai jamais donné le sein, mais tu as hérité de toute ma colère.»

Nadia

Eucatastrophe

Le policier est jeune, maigre. Son uniforme fait empesé, son visage luit de sueur. Ma mère et ma grand-mère sont plantées devant lui. On dirait une scène dans un tableau de la Renaissance : deux femmes implorantes. Je me trouve trop loin pour entendre ce qu'il leur dit.

— *Jirre*, mon *baas*, plaide ma grand-mère qui semble fatiguée, coincée.

Le policier regarde dans ma direction. Je me fige. Il s'approche.

— Quel est ton nom ? De qui es-tu l'enfant ?

J'ouvre la bouche. Je m'entends prononcer « Nadia Sarah-Joy McKinney ». J'hésite un instant. Dois-je ajouter « *baas* » comme ma grand-mère ou « monsieur l'agent » comme ma mère ?

— Ma mère est Christina Mary-Joy McKinney, je veux dire Josephs, le nom de ma mère est Josephs. Mariée à Benjamin Josephs.

Le policier me dévisage et soupire. Il s'en retourne parler à ma grand-mère.

— *Jirre*, merci mon *baas*, répond-elle.

Il s'en va. Ma mère et ma grand-mère ne bougent pas d'un pouce. Je m'approche, cherche le regard de ma mère.

— Maman, je n'ai pas parlé, je n'ai rien raconté, je lâche avec fierté.

Ma grand-mère revient vers le couloir.

— Ouais, tu mens un chouïa, comme toutes mes maudites filles.

Les paroles de ma grand-mère se posent sur mes épaules comme un oiseau peu farouche sur l'épaule d'un étranger. Je ne veux pas leur ressembler. Je ne veux pas commencer à mentir sur toutes les turpitudes dans notre famille qui pèsent comme de vieux tifs pleins d'eau salée. Ma grand-mère ne peut pas me l'enlever : j'ai menti pour elle. Ne rien raconter, c'est aussi un mensonge. Si j'avais dit la vérité, on l'aurait bouclée en prison.

Nadia

Une contribution pour les fleurs

Si tu veux, tu peux contribuer à l'achat des fleurs pour bonne-maman, écrit ma tante.

Je laisse passer trois jours avant de répondre. Je mens: *Les restrictions dues au covid n'autorisent que 50 personnes par enterrement, je pense que je n'irai pas.*

Dieu merci, ma grand-mère s'en va l'année où tout le monde meurt. Je n'ai pas la force d'être la seule à afficher de la tristesse, c'est aussi insupportable qu'être surveillée à son insu. Mais je suis triste et je ne sais pas très bien pourquoi.

Je n'arrive pas à me décider à envoyer de l'argent pour les fleurs. Une partie de moi le souhaite, l'autre ne veut pas. Une douzaine de roses blanches, non, des lys, non, rien du tout. Elle n'aura rien pour sa mort, elle a déjà tout raflé de son vivant.

Nadia

Tasha sous l'eau

Le cercueil de Tasha descend dans la terre, il pleut doucement.

— C'est à cause de la bruine qu'on se retrouve parfois trempé. Au moins, quand ça drache, on sait ce qui nous attend, dit ma mère.

Nous te quittons, Tasha, je pense. *Je te laisse ici dans la poussière, car pour toi, faut pas qu'il pleuve des cordes.*

Le retour vers le minibus municipal est long. À travers les tombes. Mes cousins et moi ne rejoignons pas la salle communale. Chacun rentre chez soi. Un instant, nous oublions Taakie qui rentre chez lui à pied. Tout seul. Quand il arrivera, sa maison sera pleine d'étrangers. Un bébé dormira sur son lit, il va falloir qu'il dorme dans la chambre de Tasha où règne encore son parfum. Ses affiches de science-fiction, ses peluches et ce grand miroir où sa cravate d'écolière est restée suspendue. Il faut qu'il s'y rende, c'est le seul endroit où on ne viendra pas l'embêter. Les gens ne respectent que l'intimité des morts.

L'épuisement me rend méchante, c'est pourquoi je rentre à pied à la maison. Je me dis que nous ressentons tous la même chose. Je veux rentrer, prendre un bain, dormir. Notre maison va sentir le froid, comme si la tristesse avait répandu son brouillard dans les pièces. Ma mère viendra frapper à la porte de ma chambre et me demandera sans la moindre émotion ce qui ne va pas chez moi.

Je vais la regarder d'un œil éreinté. « C'est rien, Maman, c'est rien. » Je me lèverai, sortirai un pyjama de l'armoire, la refermerai lentement et je passerai devant elle en direction de la salle de bains, où je m'enfermerai à clé. Je me poserai une serviette autour de la tête et je pleurerai dedans, histoire que personne ne m'entende.

Xavie

Je ne mange ni abats, ni laitances, ni tripes

Pour une fille qui a vécu pour moitié dans un domaine agricole, pour moitié dans le ghetto, Nadia fait la difficile.

— Je ne mange ni abats, ni laitances, affirme-t-elle.

Devant elle, quatre sandwichs toastés, pilchard-poulet, et un grand mug de café noir.

Je secoue la tête.

— *Jirre*, ma vieille, tu t'imposes une diète sévère, mais tu manges robuste.

— Le poulet, c'est pour les gourmets, vieux chien.

— Tu n'es qu'une prétentieuse…

Dali s'arrête de parler un instant, puis poursuit :

— Mais j'y songe, moi aussi je ne mange ni laitances, ni abats. Je suis donc un hypocrite… Ne t'offusque pas.

Je rigole en voyant Dali et Nadia se claquer la main, comme s'ils venaient de se découvrir enfin un point commun.

— Mon frère, j'ai horreur du crumble aux pommes, jette tout de go Taakie.

Tout le monde rigole.

— Je déteste la *melktert* et tous ces produits laitiers dont raffolent les Blancos, dit Rustig.

On se tourne tous vers lui.

— *Jirre*, Raine McKinney, quand donc as-tu mangé de la *melktert* ? Les seuls produits laitiers, Dieu le sait, que Diana ait jamais avalés à Groenplaas, c'est la semence de tous ses coquins.

Une pique de Nadia contre les pensées lentes de Rustig.
Rustig réfléchit un moment, ses yeux se plissent et il lâche :

— Si cette vacherie n'était pas aussi géniale, je t'aurais cassé la gueule, comme le fait ton père.

Nadia s'étouffe dans son café. Rustig et elle rient aux larmes.

Nadia

Baiseur sexuel

— Taakie est presque un pédé, dit Dali.

Nous sommes tous saouls. Rustig et moi dansons sur une musique rapide, mais pas assez, puisque nous entendons Dali.

— Quès-tu-dis-là ? hoquète Xavie.

— Je dis juste, répète Dali, que Taakie est presque un pédé, mais pas complètement. Il baise des hommes et des femmes.

Dali se lève et se dandine comme une balle sur la mer.

— C'est pas un pédé, postillonne Rustig. C'est un bisexuel. Un baiseur qui ne croit pas aux genres. Il s'amuse avec tout le monde.

— Vous êtes fous, tous les deux. Taakie n'est pas bisexuel. Taakie est un baiseur. Un vrai de vrai. Un baiseur sexuel, je claironne. À part ça, il ne faut plus dire pédé, c'est homofo, homofo, homofo…

Je n'arrive pas à sortir le mot de ma bouche pâteuse.

— C'est Homer Simpson ! hurle Dali.

Xavie éclate de rire.

— Stop ! crie-t-il.

Sa voix s'éraille.

— Vous êtes tous des cons de vot'mère, râle Taakie, vous dites des conneries comme si je n'étais pas ici.

— C'est Homer Sexuel…, je lâche doucement et ils explosent tous.

— Non, il est unisex.

Dali rigole seul de sa blague débile.

— Taakie est une banane, une banane baiseuse, crache Xavie entre deux rires.

— Arrête, c'est ton père qui est une banane, une banane pourrie, une banane dégueu, se marre Taakie.

— Tu déconnes, ton père est un pain de bananes, un pain de bananes de chez Shoprite, plein de cancrelats..., hurle Dali.

— Stop ! Si mon père est un pain de bananes dégueu, putain de ma mère, au nom de Jésus, alors ton père est un crumble, un putain de crumble de sa mère, mon frère, lâche Taakie hors d'haleine. Et toi, Nadia, ton père c'est le pire des pires, ton père est une tarte vanille-brandy, c'est la pire.

— Ouais, mon père est une tarte baiseuse, et toi, Xavie, c'est quoi, ton père ?

Tout le monde fait silence en attendant la réponse de Xavie.

— Attends, mon père est un bourreau d'enfants...

Taakie se renverse en arrière avec un rire de hyène. Xavie se met à rire, nous rions aux larmes à l'idée que le père de Xavie soit un bourreau d'enfants.

Je me mets à chanter « Kamma-kamma kameleon, every day is like survival, you're my lover not my rival ». J'ai les yeux fermés et une grande bière à la main.

— *Jirre*, vous êtes vraiment stupides quand vous êtes saouls, grogne Taakie.

Nous éclatons de rire, nous sommes une bande d'idiots quand on est ensemble, mais quand on est bourrés ensemble, on s'aime terriblement.

Nadia

Le professeur Xaviar et les mutants

Xavie est fils unique. Sa mère, jeune étudiante infirmière, a la finesse d'un kleenex mouillé et les yeux douloureux d'un faon de chez Disney. Elle vient de la classe moyenne. « De vrais capetoniens », disaient les gens du domaine agricole.

Le père de Xavie, Erik Frederick Johannes McKinney, était le plus beau des garçons de ma grand-mère. Quand la famille de ma grand-mère a quitté Santekraam, l'oncle Erik est resté chez la sœur de ma grand-mère. Il est parti pêcher avec les vieux et plus tard, a monté un honnête commerce de poissons, jusqu'au jour où il a décidé de prendre femme. Il a entendu parler d'Elizabeth Fritz (la future mère de Xav) lorsqu'elle était en train de passer ses vacances chez sa cousine à Groenplaas.

Mais l'oncle Erik a mis cinq ans avant d'obtenir la main de Zaza, comme on l'appelait. Ses parents n'appréciaient pas ce garçon de ferme avec son grand sourire. Mais après des années de hauts et de bas, Zaza a décidé d'épouser Erik. Le fait qu'elle était largement enceinte de Xavie a favorisé la cause d'Erik. Quand Xav est né, ils se sont fixés dans la famille de Zaza. Elle travaillait dans une maison de retraite, avec ma mère qui venait juste de me donner naissance.

Oncle Erik et Le Cap, ça n'a pas bien collé. Il s'est mis à boire et à cavaler, alors que Xavie et sa mère logeaient dans la remise des domestiques, derrière chez les parents de

Zaza. Erik a fait des enfants en pagaille. Une nuit, juste avant leur mariage, il est rentré chez eux et a cassé la figure de Zaza. Elle a réussi à planquer Xavie dans la penderie.

Toute l'histoire de Xavie et de sa mère change selon les narrateurs, mais la seule scène qui demeure la même, c'est que le matin de leur mariage, Zaza a tellement pleuré que l'officier d'état civil en a gémi.

L'oncle Erik a obtenu un travail de surveillance auprès de son église. C'est là qu'il a commencé à mal tourner avec les enfants. D'abord avec les fillettes, mais plus tard, on a entendu parler de toute une famille qu'il aurait sautée – mère, père et enfant.

Une année, j'ai rendu visite à la famille de ma mère au Cap. On m'a emmenée chez Xavie, où tous les adultes s'étaient retrouvés. Mes cousins et moi n'avons pas pu entrer. Tout ce dont je me souviens, c'est qu'il s'était passé quelque chose avec Xavie, qu'il ne pourrait jamais avoir d'enfant car son père le maltraitait trop. Je brûlais d'envie de pénétrer dans cette maison et de voir Xavie.

Je me suis demandé si son père lui avait fait subir ce qu'il avait pratiqué devant nous autres, ou si c'était plus grave. Ma petite sœur Nikita et moi étions allées chez Xavie un après-midi. L'oncle Erik nous avait fait entrer, il avait fermé la porte et nous avait ordonné de nous asseoir. Il a descendu son pantalon et a commencé à se caresser. Ma sœur et moi étions figées. Quand il a fini, il s'est moqué de nous qui étions restées comme des statues. Il a relevé son pantalon, il a ouvert la porte en disant :

— Vous reviendrez jouer, n'est-ce pas.

Je ne sais pas ce qu'il avait fait à Xavie, mais je savais que mon seul ami au monde était tout à côté et que je voulais qu'on soit ensemble, histoire de se regarder en silence comme on le fait chaque fois que les adultes lancent des jurons de cul.

Nadia

Salaud de père : best of *1981-1998*

Xavie et moi, on se tord de rire sur le plancher. Cela fait presque deux ans que Taakie nous avertit qu'il va se faire tatouer. Aujourd'hui, tout excité, il est venu nous montrer le résultat. Ça représente une ancre avec une oriflamme où est écrit *La mort plutôt que le déshonneur.* Le problème c'est que le tatouage se situe au bas de son dos et qu'entretemps il a appris qu'on appelait ça un *tramp stamp*, une étiquette de clochard. Il est furieux.

— Tu as un *tramp stamp*, mon Taakie, comme une pouffe blanche dans les comédies romantiques. Mon frère, mon grand, mon vieux. Comme l'ex-copine dans son campement de caravanes.

Xavie rigole ferme.

— Arrêtez.

Taakie se pose sur la chaise à côté de la stéréo et se met à farfouiller avec ses doigts noueux des CD rangés dans une boîte Nike.

Il tire l'album de Cher, *Believe.* Ma mère me l'a acheté pour mon anniversaire. Elle a vu la vidéo à la télé, et elle a décidé que j'étais du genre à aimer Cher. Cet album est le plus beau cadeau de ma vie. Pour être franche, j'avais demandé le *Best of 1980-1990* de U2, mais une fois arrivée au magasin, ma mère avait oublié le titre, et du coup elle a pris celui qui ressemblait le plus à ce que je suis censée aimer.

Toute la semaine précédant mon anniversaire, j'ai chanté « Sunday, Bloody Sunday » pour placer un message subliminal, mais Cher transmet un meilleur message dans ses chansons, a estimé ma mère.

Et nous voilà à boire à tire-larigot un vendredi soir dans le salon de l'oncle Cannettes, et à écouter Cher. Et à nous moquer de Taakie et son étiquette de clochard. Nous sommes ici parce que Cannettes est aller miser sur des chevaux et que mon père est en colère. Quand je suis rentrée de l'école, il avait jeté toutes mes cassettes à la poubelle. J'ai eu peur d'aller les récupérer, même quand il a fini par partir au boulot. Une année entière de musique. Sur un TDK, un nouveau, j'avais enregistré la chanson « Creep » de Radiohead et « Champagne Supernova » d'Oasis, un enregistrement parfait, capté directement sur la radio, sans pause ni intervention d'un DJ pour le gâcher. Je suis venue ici, car chez moi, la maison était trop sombre et trop silencieuse. Accepter une telle perte est lourd à admettre. Ce jour-là, j'ai compris que mon père avait marqué un point, car la seule chose qui m'appartenait vraiment, il l'avait détruite. Ces chansons, ces enregistrements, c'étaient ma famille, mes amis. Ils m'aimaient.

Ma mère fait des heures sup tous les vendredis soir. Elle ne rentre qu'avec le dernier train.

— Xavie, je peux dormir chez vous ce soir ? je demande, noyée dans mes pensées.

— Ouais.

Xavie marque une pause.

— Ton père est en rogne ?

Je secoue la tête.

— Non, je n'aime pas la maison.

Nadia

Merseyside

Ricki-le-Taxi s'arrête devant la salle paroissiale et annonce :

— Voilà, les p'tis singes et les grands singes, vous êtes arrivés, foutez-moi le camp.

Nous descendons lentement du combi. Je trouve bizarre que nous prenions tous nos sacs et nos couvertures. Nous ne savons pas s'il s'agit du dernier arrêt de la journée. Mais au moins, on en a fini avec Ricki-le-Taxi. Sa course est achevée.

Il s'approche de Xavie et de moi. Je me sens audacieuse, maintenant que j'ai quitté le taxi.

— Qu'est-ce qui va pas ? Arrête de me dévisager.

C'est tout ce que je parviens à dire, et pourtant j'avais prévu dans ma tête d'injurier ce baiseur et sa mère.

— Ouais, je regarde, mes yeux ne paient pas de loyer, répond-il avec son accent poisseux de dragueur.

Je roule des yeux. Xavie me tape dans les côtes.

— Laisse tomber, il va passer la nuit dans son combi, c'est sacrément déprimant.

Tous les hommes sont des cons, je me dis.

Ricki s'en retourne vers son taxi et va s'accouder tristement côté conducteur. Je le suis des yeux. Il me semble comique, avec son corps maigre et sa brioche de buveur de bière, comme s'il attendait un bébé. Jadis, Ricki était un homme désirable, avec sa peau claire et ses cheveux gominés. Mais tout ce que je vois, c'est sa gueule ouverte comme un poisson frit et le cordon Savanna de son porte-clé, qu'il a reçu gratuitement dans un bar de jazz. C'est un homme petit, il porte probablement un caleçon criard quand il va se coucher. Non pas qu'il aime les caleçons criards, mais parce que sa femme suppose que les hommes en mettent. Ricki, ce connard, ne se demande jamais le type de caleçon qu'il préfère. Ricki, c'est le genre fana de viande qui ne supporte pas qu'on le dérange pendant qu'il en mange. Son gamin de trois ans et lui portent les mêmes Nike et le même polo Everton, alors qu'il est, de fait, un supporter de Liverpool. Il est capable de raconter toute l'histoire du putain de comté de Merseyside et d'expliquer l'importance de Liverpool dans le sport. Pendant un *braai*, il tombera un jour sur quelqu'un comme Xavie qui lui balancera : « Les footballeurs gagnent des millions chaque semaine, et toi, tu bosses pour la chaîne de boulangeries Sasko. »

À un moment de sa vie, il va me croiser. Il pensera que je suis belle pour une fille au teint sombre, et supposera que j'ai peu d'amour-propre. Et quand il découvrira que ce n'est pas le cas, ça affectera toutes les fibres de son existence. Ajouté au salaire des footballeurs, aux boucles de son bébé de trois ans qui se mettent à friser, à sa femme qui gère mal le poids du gamin, et à ses difficultés actuelles, notamment celles de pisser, les inquiétudes de Ricki-le-Taxi vont le rétrécir, comme son pantalon du dimanche qui lui allait encore le mois dernier. Ces mesquineries, qu'il ne dévoilait qu'à sa femme, vont à présent éclater aux yeux de tous.

Cette nuit, avant de s'endormir dans son taxi, il va faire comme si tout allait bien. Demain il reprendra la route de longues heures pour rentrer chez lui. À l'approche de sa maison, il enverra un message à sa femme : *Prépare-moi une bonne assiette et veille à ce qu'il n'y ait pas une masse de gens quand j'arriverai.* Il pénétrera dans son allée, passera devant son enfant en lui disant : « Pas maintenant, mon garçon, ton père est très fatigué. » Il filera dans sa chambre, enlèvera son pantacourt, son t-shirt et ses Nike coûteuses. Il accrochera soigneusement sa casquette de base-ball au coin du miroir. Il s'affalera sur son lit, et s'endormira comme s'il était épuisé.

La femme de Ricki s'amènera dans la chambre avec son assiette. Le voyant endormi, elle ira la poser dans le micro-onde. En fin d'après-midi, son jeune frère passera le nez au moment où Ricki se lève et file sous la douche. Le beau-frère de Ricki réchauffera la belle assiette dans le micro-onde. Et quand Ricki sortira de la cabine, les cheveux hérissés et mouillés, son beau-frère quittera la cuisine et se mettra à déguster le plat comme s'il lui était destiné.

Nadia

T'es trop cool, Brewster !

Les fêtes de lycée sont royalement déprimantes. Dans le ghetto, elles ressemblent à la fin d'un film d'horreur avec des victimes mutilées. Ma première et dernière fête, c'était sur un terrain de foot à Blue Downs. Toutes les attractions semblaient sortir de *Virgin Suicides* de Sofia Coppola. Mais ici, aucune petite Blanche aux yeux de biche, larmoyante et bourrée de Xanax. Je porte mon maillot flottant à manches longues qui cachent mon corps punching-ball. Xavie est là, Taakie et Dali affichent leur inquiétude de Métis qui traînent trop tard dans le ghetto. Nous payons avec un faux billet de cent rands. La fille du guichet roule des yeux. Elle nous glisse les tickets et le billet. Dali retourne en courant vers le gardien et lui rend les cent rands. J'ai pris mes médocs, je suis complètement déconnectée.

Nous passons devant un clown qui fabrique des animaux en ballons. On examine ses œuvres. Dali revient essoufflé :

— Je me demande s'il faut faire des études pour… jouer de ce genre de ballon.

Après une heure d'errance sans but, nous perdons nos forces. Dali pense que c'est le meilleur moment pour parler des pires films d'horreur.

— *Fright Night !* crie-t-il pendant que nous nous dirigeons vers la sortie principale. Une belle histoire, une jolie fille, mais est-ce assez horrible ?

Je soupire, car j'ai vraiment la trouille en pensant à *Fright Night*.

— Dali, arrête de dire des conneries, j'implore, fatiguée.

— Tu as peur ?

— Oui, j'ai peur, ducon.

— Toi qui ne crains rien, Nadia la téméraire, Nadia la ninja, rigole Dali.

— J'ai peur des petites Blanches possédées par le diable, je souris.

— Amy est angoissante, ajoute Xavie.

— Mais ce n'est pas une histoire de vampires, dit Dali.

Quand on arrive au portail, il y a une bousculade sur le chemin qui mène à l'école. Il fait sombre, on ne va pas regarder ce qui se passe. Nous marchons en silence jusqu'au bout des réverbères. Ensuite, il n'y a plus que la lumière des maisons.

Dali se met à chanter. Xavie rigole.

— On dit que, quand on a peur, on chante, je glisse.

— Ta touffe, je déteste tout simplement ce silence bizarre… Comment pouvez-vous avoir peur des films d'horreur, alors que nous traversons le ghetto ? ajoute Dali.

— Cesse de dire des conneries et avance plus vite, je dis.

— Ok. Toi qui es si courageuse, je te mets au défi de franchir ce terrain vague. Si tu arrives à la maison avant nous, je t'achète six bières demain soir, propose Xavie.

J'essaie de plaider :

— Vous êtes des gosses. Non, Dali, tu ne vas pas traverser ce terrain tout seul. Merde alors.

Mais Dali agit comme un petit monstre, avide de tenter sa chance. Il n'attend pas que nous répondions à son défi, il démarre d'un coup, je n'aperçois plus que les lacets fluos de ses tennis. Je rattrape Taakie et nous fonçons vers la maison. Xavie ferme sa grande gueule, il sait que je suis en rogne contre lui.

Quand nous atteignons la maison de la mère de Xavie, celle-ci est en train de fumer dehors. Elle hoche la tête et nous fait signe d'entrer.

Dali n'est pas encore arrivé. Je file dans la chambre, saisis mes affaires de nuit et vais prendre un bain. Taakie prend les coussins des fauteuils. Quand je sors de la salle de bains, Xavie est assis dehors sur le *stoep*. Taakie, qui s'endort à volonté, ronfle en position fœtale dans un coin, sans couverture. Je tire une couette et la dépose sur lui.

Je soupire et dis à Xavie que je vais dormir. Je me retourne, traînaille vers la chambre et referme la porte.

J'entends la mère de Xavie dans le couloir qui demande où se trouve Dali. Il lui répond :

— J'en sais rien, je pense qu'il est rentré chez lui.

Nadia

Lâche-nous les baskets, on est colonisés

— Vous élevez vos enfants comme des petits Blancs, déplore ma tante. Ils jurent déjà comme les Blancs. Ils n'ont que les mots « merde » et « connard » à la bouche. Vous les renvoyez dans leur chambre. Je suis heureuse d'avoir élevé mes enfants à l'ancienne. Pas de renvoi dans la chambre, juste la télé, chacun se démerde dans sa chambre. *Yoh* ! Ne soyez pas étonnées s'ils deviennent comme des petits Blancs, pleins d'arrogance et de mauvaises manières.

Je lève les yeux de l'écran de la télé et regarde ma tante du coin de l'œil.

— Lâche-nous les baskets, on est colonisés, je grogne afin qu'elle se persuade que je suis encore plus bizarre qu'elle ne croyait.

Elle me jette un regard suffisant de contrôleur de train.

— Colonisés… ghhmmmmff, on se croirait à Harvard, comme dans le film avec cette fille habillée en rose, lâche-t-elle dédaigneuse.

Dans la cuisine, ma mère demeure silencieuse. Elle l'est toujours avant de cracher son venin. Elle est en train de recharger doucement sa langue violente. Je le sens, comme la musique synthétique d'un thriller, avant que le tueur ne commette son troisième meurtre. Je m'enfonce dans le canapé, car ma mère s'apprête à lui faire verser des larmes.

Comme un coucou, ma mère se détourne de la casserole sur le feu et pose ses mains sur ses hanches.

— Bettina, *jirre*, je me force à me taire, mais là, j'ai la colère à poil. Tu dois cesser d'entrer chez les autres avec ta grande gueule. Une mouche ne frappe pas à la porte. Souviens-toi bien – et vraiment bien – que ton mari a fait un gosse à une fille de quatorze ans. Je me demande si la mère de cette fille l'a élevée à l'ancienne. Car si cette fille avait été la mienne, je lui aurais balancé : ta touffe, file dans ta chambre, et j'aurais affiché un panneau sur sa porte « Bites d'âge mûr interdites ».

La tantine est brun foncé, mais elle rougit lentement, comme les plaques des nouveaux fours.

Je me lève et vais dans ma chambre. Ma mère m'a appris à esquiver les discussions entre adultes, et à m'éclipser, car elle n'aime pas les témoins oculaires.

— Mais, Tina, *jirre*, tu m'agresses salement. J'ai le droit de parler.

J'entends la voix triste de la tantine.

— Écoute voir, faut pas transformer ma colère en fureur. Ferme simplement ton clapet et attends que le plat soit prêt, afin que tu puisses le mettre dans ton Tupperware et nourrir tes enfants, le Seigneur m'entende… Tu me connais bien, fais attention à ce que je ne lance pas d'attaques personnelles.

Ma sœur arrive par le couloir et pénètre d'un pas résolu dans la cuisine :

— Maman, faut pas repousser tes enfants.

— Fous le camp dans ta chambre, lui crie ma mère

Ma sœur répond avec un vague accent de *Valley-Girl*:

— Oh mon Dieu, mère, pourquoi êtes-vous si peu cool ?

Nadia

Vingt et un ans

J'ai vingt ans et mon père a cessé de me battre. Nous vivons dans un quartier plus calme. Ma mère est devenue une femme nouvelle. Pour la première fois de ma vie, je me balade sans couteau dans la poche. Ma tantine s'apprête à dire des conneries. Ce que ma mère ignore, c'est que mon père s'est mis à draguer. Deux collègues de travail. Il n'a plus besoin à présent de déverser ses frustrations sur moi. Mon père est le genre de type ennuyeux comme la pluie pendant vingt ans, qui au bout de vingt et un ans revient à son ancienne vie. Il perd sa respectabilité comme un serpent sa peau. De son côté, ma mère, moins rigide, a été prise d'une juste rage, comme ce soir-là devant la maison de ces dames, et a eu le courage de rectifier des contre-vérités.

C'est drôle, à présent elle choisit toujours la bonne solution. Ça me fait peur.

Quand j'étais petite, ma grand-mère disait: « Toute personne gâche la première moitié de sa vie. L'autre partie de sa vie, elle combat ses démons. Combattre ses démons, ça épuise, on en meurt. »

Ma grand-mère me fatigue avec sa sagesse négative à deux balles. J'ai beau m'être regimbée contre l'emprise de ma grand-mère, elle m'a marquée comme un mauvais tatouage.

La nouvelle période que connaît ma famille est agréable, et nous le savons. Ma mère prend l'échec de son mariage comme un champion qui paie pour perdre le combat. Ma petite sœur, Nikita, a appris à boire comme un lord. Presque toutes mes cicatrices ont fini par s'estomper, comme une coupe très courte. Tout ce qui me reste, ce sont des oreilles bousillées, mais pas besoin d'oreilles quand, de toute façon, on ne tient pas à écouter.

Xavie

Fish and chips

S'il est une chose que je regrette, c'est de ne pas avoir cassé la gueule à mon père. Pas une seule fois. Je pense que la plupart des gamins ressentent la même chose. On songe vaguement qu'on n'a pas le droit de le frapper. Lui, il peut te battre, mais toi, si tu répliques, tu es hors service. Tu romps l'équilibre. Aussi merdique que soit ton père, tu restes démuni.

Quand même, j'aimerais l'avoir cogné, au moins une fois, ensuite on n'en parlerait plus. Mais les gamins comme moi, on est formatés trop tôt. On est manipulés, on nous fait croire que le monde est ainsi. Un père, c'est comme un Seigneur Sith qui se promène en maniant la Force et démolit tout le monde de loin.

Quand j'étais petit, je me chantais à moi-même : «J'aimerais pouvoir, j'aimerais pouvoir, casser la gueule à ce blackos, ce serait un beau coup.»

Tous les gosses qu'il a niqués. Ma mère, ma mère qui ne mange pas, ma mère faite de larmes. Ma mère avec ses doigts noueux et ses cils longs comme le Nil. Ma mère qui me regarde comme si j'étais mort depuis longtemps. J'aurais voulu rien qu'une fois casser la gueule à mon père, rien qu'une fois.

La chose dont je suis vachement fier, c'est que je suis devenu un homme par moi-même. Un homme qui n'a pas cru en son père. Un homme qui saute son petit-déjeuner et qui se rase la barbe avec le rasoir rose de sa copine. Un homme sans permis de conduire, sans place dans le lit. Quand je grimpe dans le plumard, ma copine et moi nous nous poussons au milieu, c'est là que je dors, c'est là qu'elle dort.

J'ai cessé de manger du poisson à la mort de mon père. En effet pendant des années, j'ai cru que d'avoir jeté ses habits dans l'eau avait rendu la mer sale. Jusqu'au soir où ma copine, beurrée, a acheté un fish and chips chez un poissonnier portugais dégueu. Dans la voiture, j'en mange pour la première fois en dix ans. Ultra-chaud, chapelure brun doré, chair douce, lisse et blanche comme le savon du gouvernement. Ce poisson a restauré ce que mon père avait détruit. Je ne suis pas mon père, il ne me méritait pas. Le gars qui a préparé ce poisson, c'est comme mon père, car comment peut-on cuisiner un plat aussi bon dans un endroit aussi crade. Une chose molle et dure à la fois. Aussi douce-amère, salée. Rendre vivante une chose morte.

Nadia

Nago-no-Mori

Le soir de la mort de ma grand-mère, j'ai rêvé d'elle. Nous étions près de la retenue d'eau de Groenplaas, je portais mon t-shirt orange et mes leggins citron vert. Je m'étais fait deux palmiers dans les cheveux. Un groupe de grues de paradis errait sur la berge. Ma grand-mère sortait de sous un saule, comme Nago dans *Princesse Mononoke*, me portant sur son dos. On m'avait rasé la tête, mais j'étais heureuse, belle, et les yeux bleus de ma grand-mère luisaient doux. Les pattes d'oie au coin de ses yeux, on aurait dit des encoches. Nous sommes passées à côté d'une autre version de moi-même. En me réveillant en sursaut, je l'ai entendu me murmurer : « N'oublie pas que c'est moi qui t'ai élevée. »

Groenplaas était le plus beau site de l'Overberg, humide et verdoyant. C'était comme si je le voyais pour la toute première fois. Personne ne fut plus content de me voir que l'Overberg. J'avais le sentiment d'avoir une mère. Un lieu peut-il être aussi beau au cours de la saison la plus cruelle ? Peut-on demeurer dans une région aussi humide et verte quand on est sèche et assoiffée de l'intérieur ? L'Overberg conserve son amour en elle : si elle était un homme, ses mains ne seraient bonnes qu'envers les pommiers, car le cœur des pommiers n'est pas doux.

La fin du jour n'est pas la fin tout court. L'enterrement est un commencement ; tous les morts ne sont pas enterrés.

Cela signifie : tout n'est que mensonge. Le premier mensonge de ma grand-mère sera mon dernier mensonge. Notre histoire s'achève le jour de notre naissance, tout le reste est hérésie. J'ai enterré tout le monde à l'avance. Ils sont morts chaque fois que j'ai pleuré. Une procession de disparus. La façon de vivre et la façon de raconter une histoire sont deux choses différentes. Je viens d'une famille avec plein d'enfants. Tout ce qu'on nous disait, c'était : celle-ci c'est ta mère, celui-ci c'est ton père, celle-là la tante qui t'a élevée, celui-là ton grand-père, celui-là l'enfant de ton cousin mort depuis longtemps. L'oncle Untel est en fait le père de celui-ci, la famille de ton père est riche, la famille de ta mère vient de tel coin, tous ceux qui viennent de cette région sont débiles, sauf celui-là avec les cheveux gominés et cet autre à la peau sombre, celui qui a une voiture verte, celui qui joue au rugby… Enfant, ça prend beaucoup d'années pour comprendre tout ça. Au cours de cette période de démarrage, on vous alimente de n'importe quoi. Les choses que l'on constate de ses propres yeux voisinent avec les trucs que votre grand-mère pourrie ou votre mère ou votre tantine vous a fourrés dans le crâne. Ce qui vous reste, c'est ce en quoi vous avez choisi de croire. Parce que personne ne peut croire à rien, nous devons croire en quelque chose.

Ma grand-mère Sylvia McKinney, la reine mère du mensonge, a laissé tomber la vérité comme un précieux vase en porcelaine. Ses éclats ont giclé si loin que l'on peut déterrer de jolis morceaux, des années plus tard, entre les lames du parquet. Ses filles, Christina McKinney, Daphnée McKinney, Adriana McKinney, Bettina McKinney, Maria McKinney et ses fils Erik McKinney et Edward McKinney la portent au tombeau. Ses petits-enfants Nadia McKinney, Xaviar McKinney, Salvador McKinney, Tarquinn McKinney, Zodwa McKinney et Raine McKinney disposent des fleurs sur sa tombe.

Aujourd'hui, il ne reste plus personne de la période Groenplaas. Ma grand-mère fut la première de la famille à y vivre. Des petits-enfants, Xavie et moi furent les derniers. On dit que Groenplaas est pleine de fantômes et que les pommes n'y poussent plus. Si l'on évoque ma famille, l'histoire court qu'un des frères a fait des jumeaux à une de ses sœurs et qu'il a accusé un gars du cantonnement. Mais ce n'est qu'une histoire qui circule et nous savons tous que ce genre de chemin perdu pique tout droit et qu'il est long. Peu importe sa taille, quand on le contemple de loin il est petit.

Xavie

Juste un peu de sang

L'oncle Cannettes est assis sur un pot de peinture, avec son bleu de travail et sa veste blanche. Il crache le morceau au sujet d'un incident raconté par ma tante. Un de mes cousins a reçu une raclée à l'école parce qu'il a méchamment juré.

Nadia est assise à côté de l'oncle, elle écrit dans le sable. Elle a un bras dans le plâtre. Ses cheveux de cuivre luisent au soleil. Tout le monde rit, sauf elle et moi. C'est notre affaire, nous ne rions pas quand tous rigolent. Nous sommes en train de mûrir, et sans concertation, je vois bien que Nadia et moi considérons les adultes sous un autre angle. L'oncle Cannettes, assis à côté de Nadia, boit une grande bière dans un petit verre. Mon cousin s'énerve face à sa mère qui rit trop fort, sa voix résonne et les boutons de sa blouse bigarrée s'ouvrent. Il ramasse une pompe à vélo et se met à jouer. L'arrière-cour poussiéreuse, sèche, chaude. Sous le soleil ardent, tout le monde ressemble à la vidéo de Soundgarden « Black Hole Sun » :

Boiling heat, summer stench

'Neath the black, the sky looks dead

La pompe à vélo glisse de la main de mon cousin, je suis sa courbe en l'air, elle atterrit sur le front de Nadia. Presque instantanément, le sang lui coule sur le visage. L'oncle Cannettes bondit, retire sa veste blanche et l'enroule sur la tête. Mon cousin s'enfuit. Ma tante, qui riait à l'instant, se met à crier.

Je me lève pour aller voir Nadia, allongée sur le sol, les bras étendus, comme un soldat dans un film de guerre. Elle a un bras dans le plâtre, le visage ensanglanté, mais elle me jette un regard par en dessous en souriant.

Je lui envoie une grimace et je prends l'accent d'un pasteur métis :

— Elle est ok, elle est ok, c'est juste un peu de sang, mes frères et sœurs, juste un peu de sang. Nous savons tous que cette enfant saigne facilement.

Références des citations

Page 94 : Nicolas Gogol, *Les âmes mortes*, traduction Henri Montgault, Gallimard, 1973.
Page 95 : Fiodor Dostoïevski, *L'idiot*, traduction Pierre Pascal, Flammarion, 1983.
Page 101 : *Lettre aux Éphésiens*, traduction Louis Segond.
Page 113 : William Shakespeare, *Hamlet*, acte 3, scène 2, traduction Alexandre Benoît.
Toutes les autres citations sont traduites par Georges Lory.
Le titre du chapitre de la p. 192 est une citation de Malcolm X.

Remerciements du traducteur

Le traducteur remercie l'autrice d'avoir répondu à ses questions, Alison April de l'avoir aidé à jauger les nuances, et Breyten Breytenbach pour ses précisions éclairantes.

Glossaire

Baas : patron.

Boer : fermier, descendant des premiers colons néerlandais. Aux yeux des Métis, tous les Blancs sont devenus des Boers. Tous les policiers, noirs et blancs, sont aussi des Boers.

Boesman : bochiman, appellation péjorative pour les descendants des chasseurs-cueilleurs aborigènes d'Afrique australe.

Braai : barbecue, figure imposée du dimanche midi.

Dagga : haschich.

Gam : péjoratif pour Métis ou Noir. La Bible indique que Cham, le dernier des fils de Noé, ayant manqué de respect à son père, fut condamné à servir ses frères. Les tenants de l'apartheid utilisaient cette interprétation pour considérer Noirs, Métis et Asiatiques comme citoyens de seconde zone.

Hotnot : hottentot, appellation péjorative pour les descendants des bergers aborigènes d'Afrique du Sud.

Jirre : Seigneur !

Melktert : tarte au lait.

Mieliemeel : bouillie de maïs, plat de base pour la majeure partie des habitants d'Afrique australe.

Moerkoffie : café traditionnel, moulu à la main, chauffé sur un feu de bois, agrémenté d'un tison et arrosé de lait concentré.

Pap : bouillie de maïs.

Shebeen : débit de boissons informel.

Sjambok : fouet dur en peau de rhinocéros.

Stoep : varangue construite devant, voire autour de la maison. Lieu de convivialité.

Tokoloshes : petits personnages maléfiques de la mythologie zouloue, capables de kidnapper les gens qui dorment par terre.

Table

Note du traducteur 7

Préface 9

Arbre généalogique 16

Le cantonnement 19

Des nichons pour l'accueil, des larmes pour le départ 23
Jusqu'à présent, je dis désolée 28
Une femme après l'autre 29
Couleur bleu nuit #172a3e 30
La fille libre de Groenplaas 32
Et les violons se turent 34
Acceptation, tractations, dépression, fureur et déni 35
Pétaouchnok 37
Bien mentir, c'est enfouir 39
Tante Bon Conseil 41
Concile 42
Rage-Tapage 44
Confirmation 45
Nateur 46
Porteurs de cercueil 49
L'origine mystique 51
Christina monte dans la Peugeot… 54
On peut y aller en douceur ou pas, moi, je préfère la manière forte 55
Facebook de la mort 57
Don Sylvia 58
Lévitique 15, verset 19 60

Je veux me tromper sur tout 61
Tina-la-Rouge 63
Sautillante Daphnée 66
Préludes 68
Tu n'es pas ma mère 70
Vent 72
Oasis 75
Stoïque merdique 78
Passé refoulé à la télé 79
Mort à crédit 81
Homme d'affaires 83
Santekraam 87
Rustig 91
Je déclare la guerre 92
Polyphonie 94
Quand Harry rencontre Sally 97
L'instance dirigeante 99
Salvador 101
Casse l'arbuste tant qu'il est jeune 103
Wendy Darling 105
Xbox 360 107
Amiante 109
Hors maladie divine 111
Chasse aux sorcières 113
Session R&B et rap gangster 117
Le diable penseur 119
Tribal Club Mix 122
Je suis la mer 124
Tu sais ben 126
Espérons que ces gens comprennent 128
Enterrement d'un fils de roi 130
Récolté c'est gardé, usagé c'est rejeté 132

Ce verre est propre 134
Chaînes 135
Mariage-enterrement 137
Les flammes semblent belles par grand feu 139
Amoureuse 141
Cannettes-le-Borgne 143
Héritage 145
À nos chers disparus 147
Quand la voiture s'arrête... 149
Papillon-godasse 151
Imitation de la vie 153
Dieu crée l'homme, mais c'est le diable qui lui donne sa couleur 154
Judith décapitant Holopherne 156
Valium et Fanta 158
Le tombeau des lucioles 161
Faire bonne figure 163
Kali et Shiva 164
Si mon père était un chat 166
Montez, les p'tits singes 168
Mademoiselle Rottenfessière 169
Tout bonnement violent 170
Des enfants qui chantent à l'enterrement 172
Qui a passé l'arme à gauche? 173
Soyez prudents avec ceux qui ne veulent plus vivre 176
Christina joue avec la tasse de thé... 178
Hatchespout 180
Steri Stumpie 184
Tunnel à péage 186
Sauf mes cousins et bon-papa 188
Vaste mensonge 189
Pink Freud 190

Étant moi-même un ancien garçon de ferme, les poules qui rentrent au poulailler ne m'ont jamais rendu triste ; cela me rend toujours heureux 192
Vieille bique stupide 194
Mort-née 196
Edward descend de sa voiture… 197
Vêtements 199
Edward, roi du cantonnement 201
Sois belle et prends des baffes 203
Cantonnement 204
Encore une mandale 205
Le plus long récit d'épouvante au monde 207
Toute petite putasserie 208
Hors du tunnel 211
Le plus long récit d'épouvante au monde 213
Continuer malgré tout 215
Low fidelity 217
Michael Bolton 218
Le borgne 220
Portail en amulimium 222
Ils ne peuvent pas venir chercher ce qui n'existe pas 224
L'homme aux deux yeux 226
Viande froide et mayonnaise 228
Toujours prête à s'amuser 231
Cirque 1986 233
Gouttes calmantes et lingettes au vinaigre 234
Affaires de femmes 236
Farewell, farewell 237
Stone comme au Moyen-Orient 238
Tu me prends pour ton enfant ? 239
Le Cap, c'est agréable 241

Nightingale 244
Levez le rideau de fer 246
Tu ne vas pas la saluer? 248
Eucatastrophe 250
Une contribution pour les fleurs 252
Tasha sous l'eau 253
Je ne mange ni abats, ni laitances, ni tripes 255
Baiseur sexuel 257
Le professeur Xaviar et les mutants 259
Salaud de père: *best of* 1981-1998 261
Merseyside 263
T'es trop cool, Brewster! 266
Lâche-nous les baskets, on est colonisés 269
Vingt et un ans 271
Fish and chips 273
Nago-no-Mori 275
Juste un peu de sang 278

Glossaire 281

Achevé d'imprimer
en janvier deux mille vingt-cinq
sur les presses de CORLET,
à Condé-sur-Noireau, France,
pour le compte des Éditions Zoé
Composition CW Design, Belgique

N° d'imprimeur : 24090049
Dépôt légal : avril deux mille vingt-cinq

IMPRIM'VERT®